KB137623

나의 꿈, 나의 삶

나의 꿈, 나의 삶

성영희 자전 에세이집

學而思 | 학이사

■ 책머리에

내 마음의 작은 샘

수필을 접하면서 내 마음속에 작은 샘이 하나 생겼다. 샘 속에는 글감들이 차곡차곡 재여 있다. 조용한 시간이면 한 점씩 끄집어내어 동그라미도 만들고 세모, 네모도 만들어 본다.

빈곤한 농가에 6남매의 맏딸로 태어났다. 전쟁과 가난을 겪으며 어린 나이에 동생들 업어 키우고 가사를 도왔다. 초등학교 5학년 때는 다니던 학교마저 접어야 했다. 허지만 나는 평생동안 공부를 놓지 않았다. 늦은 나이에 대학을 마치고 수필을 접하는 동안 글은 나의 머리를 떠난 적이 없었다. 오히려 그 시절의 지독했던 가난과 열악한 환경들이 나에게는 평생 동안 퍼 올릴 수 있는 마르지 않는 글샘이 되어 주었다.

내 나이 여든. 황혼에 이르니 시간이 얼마나 잔혹하고 두려운지 알 것도 같다. 이제 나는 나의 생을 정리해 보려 한다. 고난의 시대를 건너온 나의 꿈과 나의 삶을 세상에 드러내 보이고자 한다. 지나온 삶의 흔적을 가감없이 남기려는 나의 노력은 어제보다 더욱 나다워지려는 시도일 것이다.

젊었을 때 읽은 헤르만 헤세의 성장 소설들이 본보기가 되어 주었다. 모쪼록 나의 부끄럽고 못난 이야기들이 사랑하는 가족과 이웃들에게 웃음과 용기를 줄 수 있기를 기대한다.

책이 나오기까지 小珍 선생님이 애를 많이 쓰셨다. 또한 나의 든든한 응원부대인 가족들과 문우들이 있어 감사하다.

2020년 겨울

성영희

■ 차례

책머리에 ···4

발문 성영희의 자전 에세이 『나의 꿈, 나의 삶』에 부쳐_ 박기옥 ···262

가난했던 시절

태생지! 알과 전쟁 13

6.25 전쟁 ···16

가난했던 시절 ···19

등잔 ···23

잡초 ···27

원두막과 수박서리 ···31

첫사랑 ···34

나무 같은 삶

나무 같은 삶 ···39

뿌리 ···42

시집살이 ···47

시할머니의 치매 ···51

차마 말씀 못 하시고 ···56

갈치 한 토막 ···59
부부 여행 ···62
수의 ···64
자녀 교육 ···68
맏아들 ···72
이팝나무 웨딩드레스 ···75
막내아들 ···78
손주들 ···81
새로 지은 작은 집 ···84
아버지 기일 ···87
생일상 ···90
눈썰미 ···93

도전하는 삶

나의 꿈 ···99
검정고시 도전 ···101

대학을 졸업하다 ･･･104

세월은 휘익~! ･･･107

사진과 여행 ･･･110

빛과 그림자 ･･･113

우포늪 출사 ･･･116

새처럼 ･･･118

난타반의 해프닝 ･･･122

내 나이가 어때서 ･･･125

수필과 나 ･･･128

도전하는 삶 ･･･131

문성文誠의 길 ･･･134

삶과 죽음 ･･･138

신명과 홍 ･･･141

토막 낮잠 ･･･145

황혼의 사춘기 ･･･149

삶의 여정 ･･･152

나를 찾아서

나를 찾아서 ・・・157

100인의 영정사진 ・・・161

독거노인 ・・・164

수지침 ・・・167

요구르트 한 병 ・・・170

작은 보람 ・・・172

라면 한 그릇 ・・・176

세 할머니 ・・・178

나를 찾아줘 ・・・180

장삼 ・・・184

순천만의 가을

산과 나 ・・・189

자장암에서 ・・・193

코로나와 남이섬 • • • 196
쁘띠 프랑스 • • • 200
법기수원지에서 • • • 203
한밤마을 돌담길 • • • 206
백록담을 오르다 • • • 210
지리산 노고단 • • • 214
함백산 동행 • • • 217
마이산 • • • 221
순천만의 가을 • • • 224
대청봉에 오르다 • • • 227
캐스케이드 야경 • • • 230
점입가경 예원 • • • 234
사막의 밤 • • • 238
그랜드 모스크 • • • 242
언어 소통 • • • 247
침대열차 • • • 250
볼펜 • • • 254
터키를 가다 • • • 257

가난했던 시절

비록 그 영혼은 보이지 않지만 꽃은 꽃의 모양, 향기의 옷을 입고 잡초는 잡초 모양의 옷을 입고 세상에 보내졌으며, 이 세상 태어난 천지 만물 중에 어느 것 하나 소중하지 않은 것이 없다며 단지 인간의 좁은 생각이 그렇게 느낄 뿐, 세상 모든 것들은 각각의 쓰임새와 의미로 세상을 빛내고 있다는 뜻이었다.

태생지! 알과 전쟁

프라이팬에 기름을 두르고 계란을 들고 보니 농장의 상호인지 'Q504' 표시가 있다. 오늘따라 계란의 표시를 보니 내 소싯적 아버지 생각이 난다.

아버지는 나 어릴 때 닭에 대한 많은 얘기를 해 주셨다. 건강하게 자란 수탉은 3~4개월이 되면 닭 울음소리를 내기 시작하고 암평아리는 여섯 달쯤 키우면 알을 낳기 시작한다. 계란을 햇빛에 들고 보시면서 계란의 시간이 얼마쯤 되었다고 하시고 닭의 가족을 보면 잘 짜인 질서가 놀랍다고 하셨다. 인디언 전사처럼 카리스마가 강한 수탉은 항상 사방을 경계하며 무리를 이끌고 다니며 위험한 상황에서 목숨을 걸고 무리를 지킨다는 재미있는 얘기도 하셨다.

아버지는 한국이 너무 가난하여 돈 벌 목적으로 16세 나이에 어느 지인의 소개로 일본에 있는 닭 키우는 농장에 취직을 해서 15년 넘게 일을 하셨다. 실장을 역임하며 닭의 관리와 유정란 판매 일을 도맡아 하여 생활이 윤택해졌다. 성년의 나이라 아버지 성외경과 어머니 황덕이가 혼인을 하여 1940년에 내가 태어났다. 평화로운 시기에 다복한 가정에서 태어나서 사랑을 많이 받았다.

그러나 내 나이 5세에 제2차 세계대전이 일어났다. 우리 집은 일본 도쿄에 있었다. 이층집이며 검은색 전화기가 있었다. 엄마, 아버지를 따라 시장에 가서 길을 잃은 적이 있었다. 엄마, 아버지를 못 찾고 어둠이 깔려 울고 있는 나를 웬 할머니가 시장 상점으로 데려가 하룻밤을 지냈는데 상가 할머니가 말씀하시기를 내가 잠을 자지 않고 쪼그리고 앉아 오또짱(아버지)을 부르며 밖을 바라보고 있었다 한다. 엄마, 아버지는 나 때문에 뜬눈으로 밤을 새워 날이 밝자마자 나를 찾으려 시장을 몇 바퀴 돌고 있었는데, 상가 안 유리창 너머로 내가 먼저 엄마를 보고 "오까짱" 하고 소리쳐 불러서 나를 찾았다 했다. 아버지가 퇴근이 늦으면 귀가하실 때까지 잠 안 자고 기다렸다 오시면 잠을 잤다며 부녀 사랑이 끔찍했다고 엄마가 말씀하셨다.

제2차 세계대전 때문에 아버지는 우리 집을 비우고 전쟁이 끝나면 다시 온다며 산자락에 있는 작은 집으로 이사를 했다. 파란 하늘에 비행기 뒤 하얀 선이 보여 어린 나는 전쟁이 시작하는 것을 알고 오까짱, 오또짱 불러 산으로 피신하러 갔다. 아버지는 나를 업고 가다가 꽈~꽝~ 대포소리에 놀라 등에 업은 나를 버리고 혼자 도망갔는데 뒤따라오던 엄마가 임신한 몸으로 둘째를 업고 길을 가다 아버지가 버리고 간 나를 잡아당겨 하수구에 밀어 넣고 따로 피신했다는 이야기를 들었다.

어느덧 폭격이 멈추어 다시 집으로 오던 중 하수구에서 눈을 반짝거리며 "오또짱" 하고 부르자 나를 버리고 갔던 아버지는 덥석 나를 안으며 '미안하다' 고 했다는 얘기를 여러 번 들었고 모성애는 끝이 없이 완강하다는 생각이 들었다.

우리는 요행히 전쟁을 피해 산자락으로 이사 와서 운명이 달라진 거지만 태평양전쟁을 일으킨 일본에서는 도쿄 대공습으로 10만 명의 사망자가 발생하였고 도쿄는 불바다가 되어 일본은 무조건 항복했으며 인류 역사상 가장 많은 희생자를 만든 대동아전쟁을 마치게 되었다고 하셨다.

1945년 8월 15일 해방이 되고 나서 내 나이 6세에 우리는 한국으로 귀국해 왔다. 아버지는 가난한 한국에 귀국을 안 한다 했지만 어머니가 한국으로 가자고 우겨 왔는데 일본 돈을 많이 가져왔지만 한 푼도 한화로 교환 못 하고 한국에서 가난을 맞이하게 되었다.

일본에서는 계란을 많이 먹었지만 한국에서는 흔하게 먹지 못했다. 한국에서는 어쩌다 귀한 손님이 오시면 계란을 밥솥에 쪄서 상차림을 했다.

오늘따라 계란을 보니 나의 태생지 일본과 엄마, 아버지, 그리고 참혹한 전쟁에 대한 끔찍한 기억이 되살아나서 이 글을 쓴다.

6.25 전쟁

내 나이 열한 살에 6.25 전쟁이 일어났다. 6.25 사변은 동란이라고도 하며, 국제적으로 한국 전쟁이라 불린다. 지금은 기억조차 하기 싫은 전쟁의 아픔이다. 여름 새벽에 꽈~광 꽝 하는 소리에 놀라 눈을 뜨니 엄마, 아버지는 짐을 꾸리고 있었다.

엄마는 나보고 동생들을 깨워 옷을 입히라고 했다. 나는 동생들에게 옷을 입히고 옷 몇 가지 싼 망태를 멜빵으로 메고 셋째 동생 손을 잡았고 남동생도 짐을 등에 메고 아버지의 지게 뒤를 이어 아무 영문도 모르고 따라 걸었다. 엄마는 동생을 업고 머리에는 보따리를 이고 우리 자녀들 놓칠까 봐 노심초사 살폈다. 그렇게 고난의 새벽 피난길이 시작되어 대구 쪽으로 걸었다.

여기저기 아이들 울음소리가 요란했다. 엄마 아빠를 놓쳐 울고 있었다. 낙동강 저편에서 꽝 하고 대포소리가 나면 붉은 불길이 검은 연기와 함께 활활 타올랐다. 산과 마을들! 아군 쪽 큰 대포소리에는 오금이 싹 오그라들었다. 피난민들 행렬은 인산인해였다. 한나절 걸으니 배가 고파 엄마가 준비한 주먹밥을 하나 먹고 다시 걸었다. 해가 서쪽으로 기울어지는 시간에 처음 정착한 곳이 지금 송해 공원이 있는 '옥포 기세못' 이었다. 그때는 물이 한쪽으로 도랑물이 되어 흐르고 있었는데 그 자갈땅 황무지에 겨우 가릴 정도의 천막을 쳐서 공동 피난민 생활이 시작되었다. 부모를 잃어 우는 아이, 배가 고파 우는 아이, 그야말로 아수라장이었다.

여러 날 피난 생활에 양식이 바닥이 나서 개비름(줄기가 굵고 빨간색)까지 뜯어먹었던 기억이 난다. 부모 잃은 아이들은 큰 차에 태워서 고아원으로 갔다. 우리도 그곳이 위험해 보였기에 피난지를 옮겨 대구로 왔다. 배급이 시작된 대구에서는 납작보리쌀을 받아와서 배고픔을 조금이나마 해결할 수 있었다. 가족이 뿔뿔이 헤어진 피난 노숙자들에게 대구역 앞에서 무료급식 주먹밥을 나누어 주었는데 이웃 오빠를 따라 나도 갔다. 길게 늘어선 행렬은 끝이 안 보일 정도로 이어져 있었다. 주먹밥 하나가 하루의 3끼 밥이었다.

그런 고생을 반복하기를 몇 달째, 어느 날 인민군이 물러갔다는 소식이 들려왔다. 고향으로 돌아가는 길 양편으로 미처 치우지 못한 국군과 인민군의 시신이 즐비했다. 소, 말 등 동물들의 시체도 섞여 있어 악취가 진동하고 차마 눈 뜨고는 볼 수 없을 지경이었다. 지긋지긋한 가난과 피비린내 나는 살육의 현장들이 그때는 그리 대수로운 일도 아니었는데 그토록 처참한 몰골로 야생초처럼 끈질기게 견

더온 모진 생명들이 눈에 비친 어린 시절 전쟁의 상처는 지금도 생생하다.

동네 앞들에 심어놓은 콩에서 튀어나온 콩알을 주우려고 밭에 가면 총을 메고 철모 쓰고 고개 숙여 앉아있는 시체들이 여기저기 널려 있었다. 낙동강을 기점으로 서편 고령 쪽은 인민군, 동쪽은 미군들의 전쟁터였기 때문이다. 그 많은 시체들을 동네 앞 깊은 늪 '씩늪' 에 밀어 넣었더니 이듬해 물색이 검푸른 색이 되었다. 물고기도 비늘이 시퍼렇게 싱싱했다. 지역 주민들은 배가 고파도 시체 물 먹고 자란 물고기는 먹지 않았다. 뒷동산 전쟁터. 미군이 지나간 쓰레기통을 우리 아이들이 뒤졌다. 초콜릿 먹다 남은 조각과 껌도 있어 먹을거리를 찾기 위해 쓰레기통마다 뒤졌다.

그토록 참혹한 전쟁이 가져다준 어린 시절 추억이 새롭다. 다시는 이 땅에 6.25 같은 전쟁이 일어나서는 안 될 것이며 이대로 조용한 평화가 깃들기를 기원한다.

가난했던 시절

해방 후 아버지, 어머니, 여섯 살 나, 네 살 남동생, 엄마 등에 업힌 두 살 남동생까지 일본에서 한국으로 귀국했다. 다섯 식구가 외갓집이 있는 농촌에 정착하여 한국의 가난을 맞이하였다. 식량이 없어 어머니는 품팔이하셨고 아버지는 대구 섬유공장에 취직을 하셨다. 그리고 일곱 살이 된 나는 동생들 돌보미가 되었다.

엄마는 5일장에 비단 장사로 매일 나가서 밤늦게 집에 왔다. 그러니 내가 동생들과 외가에서 저녁을 먹고 집에 와서 깜깜한 방에 못 들어가 울고 있으면 이웃집 사람들이 방 등잔불을 켜주었다. 이 소식을 들은 아버지는 직장을 그만두고 농사를 지으시겠다고 촌으로 나왔다. 남의 경작지를 빌려 농사를 열심히 지으셨다. 밭에는 산두(벼)를 심어 허수아비도 세웠지만 참새떼는 허수아비 머리 위에 앉았다. 벼 이삭이 올라오면 참새떼는 벼의 쌀 물을 빨아먹기 위해 줄을 이어 우루루 날아다녔는데 그러다 벼에 앉으면 벼는 쭉정이가 되고 말았다.

일곱 살 때 나는 새를 쫓아내기 위해 밭고랑을 여기저기 뛰어다니다 피곤하여 밭고랑에 쓰러져 잠이 들곤 했다. 해가 지고 땅거미가 질 무렵 아버지가 부르는 소리에 잠을 깼다. 아버지는 나를 안으며 눈물을 훔치셨다. 아버지 등에 업혀 집으로 오면 엄마는 걱정 끼친다고 꾸중을 했다.

나는 배가 아팠다. 쌀이 없어 엄마가 피죽을 끓여서 먹이려 했지만 나는 피죽만 먹고 나면 모두 토해내서 엄마한테 회초리로 매를 맞았다. 며칠 시간이 흐르니 인분에 묻어 나오는 피고름과 기진맥진한 내 모습에 엄마는 돈이 없어 쌀도 못 사고 죽어가는 나를 안고 울고 있었는데 이웃집 아주머니가 쌀 한 바가지 갖다 줘서 흰죽 먹고 회복되었다는 얘기를 여러 번 들었다. 나도 피죽 안 먹으려 하다 매 맞은 기억이 희미하게 생각난다. 전쟁 후의 한국은 찌든 가난으로 국민들이 많이 배고팠다.

여덟 살에 초등학교 입학을 했다. 그 시절 농촌 여자아이는 거의 학교에 보내지 않았지만 엄마와 아버지는 의식이 조금 깨어있어 나를 학교에 보냈다. 6남매 맏딸로, 연이어 태어나고 자라는 동생들을 업어 키웠다. 엄마는 비단(천)을 팔려고 이 동네 저 동네 도부하러 나가시고 어린 나는 살림을 도맡아 했다.

우물 길어다 밥을 짓고, 키가 작아서 높은 부뚜막에 올라앉아 설거지하고, 동생들은 외할머니 댁에 맡기고, 십 리 길을 걸어서 학교에 갔다. 수업 마치면 집으로 오는 길은 재바르게 걷다 뛰다 하고, 집에 오면 칭얼거리는 동생을 업고 공책을 벽에 대고 몽당연필로 숙제를 하고 책도 읽었다. 공책과 연필이 없어 산수 풀이는 마당에서 꼬챙이로 그려 문제를 풀어서 마지막 답을 공책에 적었다.

3학년 새 학기에 군청 대회 우수학생 시험이 있어 우리 학교에서 내가 선정되었다. 수업 마치고 학교에 남아 시험공부를 해야 했는데, 나는 동생들을 돌봐야 하고 저녁밥도 지어야 해서 담임선생님께 내 사정을 이야기하며 다른 학생을 추천하시라고 했다. 선생님은 안 된다고 하시면서도 열 살의 어린이가 동생들 걱정하는 모습에 안타까운 눈으로 나를 바라보셨다.

그 시절 한국의 가난은 말로 형용할 수 없었다. 나물 뜯어다 배를 채우고 쑥을 캐다 죽을 끓이고 아이들이 마당에서 뛰박질하면 엄마는 배 꺼진다고 뛰지도 못하게 했다. 연이어 남동생들이 학교에 들어오니 세 명 분의 월사금(등록금)을 내야 했는데 가난에 찌든 우리 집은 그럴 돈이 없었다. 나는 여자인데다 엄마 일손도 도와야 해서 5학년 1학기로 학교는 끝이 났다. 하지만 늘 마음속에선 학교가 가고 싶었다. 책보자기를 볏짚단 속에 숨겼다가 아침도 굶고 엄마 몰래 학교 갔다 와서 꾸중도 들었다. 공부가 한이 되어 꿈에서라도 여학생 교복 한번 입어보고 싶은 생각뿐이었다. 하고 싶은 공부, 학교 다니는 꿈은 이렇게 접었다.

가난을 벗어나려고 아버지, 엄마, 나 셋이서 열심히 노력한 십 년의 세월 끝에 우리 집은 전지를 사 모아 가난을 벗어나 중상의 농가가 되었다. 일하는 일꾼(머슴)도 있었고 아버지는 귀한 자전거를 타고 이쪽저쪽 들에서 수박, 참외, 땅콩, 무, 배추 등 특작 농작물을 경작하였다. 소득이 많아져서 동생들 공부하는 데 경제적 어려움은 없었다. 큰동생은 대학도 가고 막내는 서울에 있는 대학원도 졸업했다.

그 시절에는 농촌 처녀들이 하얀 옥양목에 십자수를 많이 놓았다. 저녁이면 친구들 집에서 호롱불을 밝혀 서로 머리 맞대고 수를 놓았다. 그러나 내 손에는 항상 책이 들려 있었다. 밤늦게 책을 보다 아침밥이 늦어 동생들 등굣길에 아버지가 자전거에 동생 둘을 태워 학교에 데려다준 일도 있었다.

내가 책을 열심히 보는 걸 아버지께서 보시고 큰딸이 저렇게 공부를 하고 싶어 하는데 공부를 못 시켜 많이 미안하다는 말씀을 늘 하셨다. 우리나라의 가난은 속담도 있다. 힘없어 보이는 사람을 보면 사흘 만에 피죽도 한 그릇 못 먹었냐고 한다. 한국은 가난한 나라로 전 세계에서 밑에서 2등으로 소문이 난 국가라 했다.

찢어지게 가난했고 죽을 만큼 가난했던 시절, 50년 전만 해도 1인당 연 수입이 80불에 불과했다.

등잔

골동품 가게를 지나다 등잔을 보게 되었다. 걸음을 멈췄다. 등잔은 예로부터 우리 삶의 동반자였다. 등잔불 아래서 선비들은 책을 읽고 아이들은 꿈을 꾸고 여인들은 바느질을 했다. 신분의 차별 없이 빛을 뿌려 밤을 밝혀주는 등잔.

인간이 불을 이용한 이래 불은 음식을 익히는 조리용과 주거를 데우는 난방용 그리고 어둠을 밝히는 조명용의 세 가지로 발전했다. 모든 물체는 빛으로 말미암아 그 실체를 드러내고 아름다움을 보이게 된다. 어둠 속에서는 진실을 알 수가 없다. 등잔은 어둠을 밝히는 광명의 상징이요 믿음이며 가야 할 길을 알려준다. 빛은 생명의 희망인 것이다.

그리스 신화에서는 프로메테우스가 신으로부터 불을 훔쳐내어 인간에게 주었다고 했다. 우리의 단군신화에서는 단군의 셋째 부소가 불을 발명하였다. 세상에 맹수와 독충이 생기고 돌림병이 퍼져서 많은 사람들이 죽자 부소가 부싯돌을 만들고 불을 일으켜 해로운 것들을 물리쳤는데 부싯돌은 부소의 돌이란 말에서 유래되었다 한다.

등잔은 삼국시대 이전부터 사용되던 전통 고가구 팔각 등잔, 돌장식 등잔, 도자기, 옥, 흙으로 만든 것과 유기(놋쇠)로 만든 것 등 종류도 다양하며 작은 종지 같은 그릇 언저리에 한지, 솜, 마사, 삼 등을 꼬아 심지를 만들었다. 심지가 두 개인 것을 쌍심지라 했는데 쌍심지는 불은 밝지만 기름소비가 많다. 등잔에 쓰는 기름은 대부분의 가정에서 콩기름, 피마자기름, 식물성 기름 등을 사용했다. 그렇게 어둠을 밝혔다. 불로 어두운 밤길을 밝히게 되면서부터 그 밝혀진 불은 불확실성의 세계에서 확실성의 세계로 나아가는 계기를 마련했다. 어둠을 밝히기 위해 산간지방의 흙벽 귀퉁이에 제비집 같은 턱을 만들고 거기에 관솔을 피워 방과 밖을 밝혔다. 사찰에서는 사월 초파일의 연등제에 수많은 종류의 등을 밝혀 어둠을 깨치는데 여기서의 불은 무명을 떨친다는 의미다.

1876년 이후 일본으로부터 석유가 들어오면서 등잔은 호롱으로 바뀌었다. 등잔은 뚜껑이 없는 종지 같은 그릇이었으므로 석유를 쓸 수가 없었다. 석유는 인화성이 강하여 등잔 전체에 불이 붙기 때문에 이를 보완하여 석유를 넣는 병 모양의 용기와 이를 덮는 뚜껑을 만들었고 뚜껑을 관통하는 심지에 불을 붙이는 호롱이 생기게 되었다. 호롱은 보통 나무로 된 등잔대 위에 놓였고 등잔대 밑은 사각, 육각, 원형, 동물의 모형 등으로 만들어 등잔을 안정되게 받쳐주고 성냥 등을 놓는 곳이 되었다.

우리 집은 절약 정신으로 부엌과 안방 사이의 벽에 사방 한 자 남짓 구멍을 내고 부엌 쪽 벽에 유리창을 해 달아 그 공간에 호롱불을 놓았다. 일석이조가 아니라 일등이조였다. 등 하나로 두 곳에 불을 밝히는 절약 정신이다. 부엌일이 끝나면 등잔불은 방 가운데 놓았다. 하지만 바닥에 앉아서 생활한 우리는 불의 높이가 눈높이에 와야 했다. 이로 인해 등잔에는 시대의 예술성이 반영되었다. 고요한 밤에 책 읽는 소리 낭랑하고 여인네 바느질하는 그림자가 방문 창호지에 비치면 한 폭의 그림이 되었다. 호롱불은 사방으로 벽에 그림자가 생겼다. 나 어릴 적에는 손가락을 이용해서 벽에 개, 여우, 나비 그림자도 많이 만들며 놀았다.

매일 나에게 주어진 일도 있었다. 저녁밥을 먹고 나면 호롱에 석유가 얼마나 남았는지 점검하고 부족한 듯싶으면 대두병에 사다 놓은 석유를 조심스레 부어서 보충하여 불을 켰다. 심지의 길이도 알맞게 조절해야 그을음이 덜 생기고 밝기도 제구실을 했다. 엄마의 바느질도, 동네 방앗간, 사랑방의 얘기꽃도 등잔에 담겨 있었다. 등잔은 옛 조상들의 혼이 담겨 있는 지혜다.

칠흑같이 어두운 밤에 이웃집에 마실을 가거나 심부름을 갈 때는 한지로 만든 등 안에 호롱을 넣어 불을 밝혀 조신하게 들고 다녔다. 자칫 돌부리에 발이 걸려 비틀거리다 등이 중심을 잃으면 그 안에 호롱이 넘어져 석유가 엎질러지고 불이 붙어 홀라당 태워먹는 사달이 나기도 했다. 그 후로 램프가 보급되어서 좋았다. 마루 위에 램프를 걸어놓으면 집 마당까지 밝아 좋았다. 램프의 단점은 바람막이가 얇은 유리라는 것이었다. 등피를 닦을 때는 깨질까 봐 많이 조심해야 했다.

오랜 시간 불을 켜놓으면 기름이 닳는다. "얼른 불 끄고 자거라!" 안방에서 석유가 닳는 것을 아까워하는 어머니의 걱정이 들리기도 했다. 지금이야 옛날의 등잔불과는 비교도 안 되는 전깃불을 켜고 있지만 전기 돌아간다고 불 끄기를 채근하는 말은 그때만큼 듣지 않을 것이다. 그러나 그때엔 석유도 귀해 오일장 장 장날이면 십 리 길을 걸어 대두 한 병씩 사다 놓고 어둠을 밝히는 데만 사용했다. 그러다 보니 아끼라는 얘기가 저절로 나왔다. 석유를 먼 장에까지 가서 사들고 오기가 번거로워서 새벽에 석유통을 등에 메고 다니며 파는 석유 장사에게 사서 쓸 때도 있었다.

등잔은 나의 아련한 추억이다. 내 어릴 적엔 낮에 미처 못 한 학교 숙제도 호롱불 밑에서 해야 했고 공부한다고 밤늦게까지 앉은뱅이 책상에 앉아서 꾸벅꾸벅 졸다가 앞머리를 호롱불에 태워먹는 일도 있었다. 재미있는 옛 추억이 새롭다.

1970년대 이후로 전기가 보급되면서 등잔, 호롱도 자취가 사라졌다. 등잔을 바라보니 옛 어른들의 지혜가 그립다. 등잔을 뒤로하고 돌아오는 길에 때 묻은 등잔이 추억 속에서 맴돌다 아련히 사라진다.

잡초

시장에서 장을 보았다. 채소는 깨끗하고 싱싱했다. 파, 부추, 미나리, 우엉, 깻잎 등 보이는 대로 푸짐하게 샀다. 집에 와서 채소 단을 풀었더니 부추 속에 싱싱한 잡초 하나가 섞여 있었다. 요즘은 잡초가 별로 없는데 하며 신기해하다가 지난날 아버지 말씀이 뇌리에 스쳤다.

내가 자란 시골에서는 농사가 주업이었다. 농사를 지을 때는 땅을 갈아서 그 땅에 곡식을 심었다. 그런데 그 땅에는 곡식만 자라는 것이 아니라 어디선가 날아온 다른 풀 씨앗들이 곡식 틈에서 자랐다. 농사를 짓는 사람들이 보았을 때 그 풀들은 아무런 쓸모가 없었다. 왜냐하면 그 풀은 먹을 수가 없을 뿐 아니라 농작물이 먹고 자라야 할 영양분을 빼앗아 먹기 때문이었다. 사람들은 그 반갑지 않은 풀들을 쓸모없는 잡풀, 잡초라고 불렀다.

어느 여름, 아버지는 고된 하루의 농사일을 마치고 저녁 밥상을 받으면서 내게 물었다.

"큰애야, 너 오늘 남새밭에 갔었나."

"예."

"정구지 베면서 잡초는 뽑아버리지, 그냥 두고 왔나."

나는 당시 잡초에 대한 이해가 없어 정구지, 즉 부추와 함께 자란 잡초가 밉지 않았다. 유난히 튼튼하고 곧게 자란 잡초 속에서 연하게 자란 부추만 두어 줌 베어왔던 것이었다.

세월이 흘러 내가 성장하였을 때, 남새밭에는 부추, 파, 상추, 배추가 무성했지만 잡초도 많다는 것을 알았다. 부추, 상추가 먹어야 하는 영양분을 잡초가 먹어버리기 때문에 농부에게는 잡초가 뽑이버려야 하는 풀인 것도 이해했다.

이른 봄 오돌토돌 새순으로 돋아나던 아기 초록이 한두 달 지나 5월이면 눈길 닿는 곳마다 초록이 온 산과 들을 덮기 시작한다. 그 초록 중에서 특히 들이나 논밭을 덮는 초록을 눈여겨보라, 초록을 내는 모두가 사람의 눈과 마음을 즐겁게 하고 생활에 유용하다고 환영받고 있을까.

농부에게 물어보라, 그들이 가꾸는 농작물 외에 청하지도 않은 여러 풀이 재배지에 들어와 자리를 잡고 더부살이를 하는데 반갑고 달가운지를.

단연코 성가시기 짝이 없다고 대답할 것이다. 종류는 또 얼마나 많은지 이름조차 다 외우지 못하니 재배지에 무단 침입자인 그것들을 뭉뚱그려 잡초라 하고 또 널리 그렇게 부르고 있다.

농부뿐이랴. 손바닥만 한 화단을 가꿀 때도 잡초와 싸우지 않고 견딜 재간이 있는가. 싸운다고 하는 건 인간이 필요로 하는 재배 작물보다 잡초의 번식력이 몇 배 더 왕성해 작물의 생장을 방해하고 품질까지 떨어뜨리기 때문이다. 햇빛은 물론, 물과 영양분을 잡초에 빼앗기지 않으려고 인간은 수확 때까지는 쉴 새 없이 잡초 제거 작업을 치러야 하는데 그야말로 잡초와 인간의 전쟁일 수밖에 없다. 그런데 여기 '밭에서 잡초가 자라는 것도 뜻이 있다' 고 주장하는 이가 있다. 들어보자.

한 농부가 무더운 여름날 땀을 뻘뻘 흘리며 밭에서 잡초를 뽑아내다 짜증이 나서 신은 왜 이런 쓸모없는 잡초를 만든 것일까, 이 잡초들만 없으면 더운 날 땀을 흘리지 않아도 되고 밭도 깨끗할 텐데 잡초 때문에 이 고생을 한다며 투덜거렸다.

때마침 근처를 지나던 동네 노인 한 분이 그 말을 듣고 농부를 타일렀다.

"여보게! 잡초도 무언가 이 세상에 책임을 띠고 존재하는 것이라네. 비가 많이 내릴 때는 흙이 떠내려가지 않도록 막아주고, 너무 건조한 날에는 먼지나 바람에 의한 피해를 막아주고, 또한 진흙땅에 튼튼한 뿌리를 내리게 흙을 갈아주기도 한다네. 만일 잡초들이 없었다면 땅을 고르려 해도 흙먼지만 일어나고 비에 흙이 씻겨내려 아무 쓸모가 없는 땅이 되었을 걸세. 자네가 귀찮게 여긴 잡초가 밭을 지켜준 일등 공신이라는 말일세. 이 세상에는 아무 데도 쓸모없는 것은 없으며 모든 것들은 나름대로 의미를 갖고 세상에 보내진 것이라네."

비록 그 영혼은 보이지 않지만 꽃은 꽃의 모양, 향기의 옷을 입고 잡초는 잡초 모양의 옷을 입고 세상에 보내졌으며, 이 세상 태어난 천지 만물 중에 어느 것 하나 소중하지 않은 것이 없다며 단지 인간의 좁은 생각이 그렇게 느낄 뿐, 세상 모든 것들은 각각의 쓰임새와 의미로 세상을 빛내고 있다는 뜻이었다.

채소 단 속에서 부추와 잡초가 찰떡같이 붙어 있는 모습을 보며 상념에 잠긴다. 내가 지금 어떤 모습이건 나의 내면에도 보이지 않는 잡초의 세력이 있을 것이다. 그 세력을 어떻게 다스리고 조율하는가는 전적으로 자신에게 달려 있다는 생각을 하며 어린 시절 잡초의 존재를 지적해주신 아버지의 생각에도 잠시 머물렀다

원두막과 수박 서리

과일점에 들르니 과일 판매대에는 설맞이로 등장한 여러 과일들이 있다. 싱싱하고 큼직한 수박을 보니 어린 시절의 추억 하나가 생각나서 혼자 빙그레 웃으며 가격을 물었다. 고가다.

청소년 시절을 보낸 곳은 지명이 위나리다. 동네 앞들 넘어 낙동강이 흐르고 토질이 좋은 넉넉한 땅에 땅콩이나 수박을 재배하기에 적합한 땅이다. 낙동강을 기대고 있는 우리 밭은 3천 평이었다. 농작물은 강 쪽으로는 땅콩, 수박, 콩. 수수도 한 고랑 있었다.

태양이 작열하는 여름날 수박밭에는 내일 청과에 나갈 수박 작업이 한창이었다. 밭고랑이 길었다. 어느날 밭머리에 열서너 살 내 또래 까까머리 사내아이들 몇이 양은솥을 들고 어정거리는 것을 아버지께서 보시고 "이놈들아 니들 밤에 수박 서리하려고 망보러 왔지!" 다그치니 두 놈은 달아나고 한 놈은 잡혔다.

아버지 말씀하시기를 상품은 차에 실었고 삐뚤고 작은, 상품가치가 안 되는 수박을 콩밭 고랑에 따놓았으니 수박 넝쿨 망치지 말고 갖다 먹고 땅콩도 모조리 뽑아 삶아 먹으라 하셨다. 사내아이들이 "와~아, 지주 영감은 어떻게 우리 마음을 꿰뚫어 보냐." 하고 좋아했다.

아버지는 어린 것들이 배가 고프다는 걸 아시고 수박밭을 난장판 만들지 말라는 뜻에서 하신 말씀이었을 것이다. 까까머리 아이들 중에 나와 동갑내기 이종사촌 원이가 그날 저녁에 나를 불러 나갔다. 원이가 너하고 친구 여자 셋이 오늘 저녁에 우리 따라 가자 했다. 영문도 모르고 단발머리 친구 둘과 나 셋이 따라가니 사내애들은 넷이다. 일곱 명이 들로 나가 휘영청 달 밝은 밤에 낙동강 가로 갔다. 낙동강 쪽 우리 밭머리에 이르자 원이가 이모부한테 허락받았으니 원두막으로 가자고 했다.

사방이 훤히 트여있는 높다란 원두막에 일곱 명이 사다리로 올랐다. 사내애들 넷이 콩밭 고랑에 가서 수박 한 개씩을 들고 왔다. 콩밭 고랑에 있는 수박은 삐뚤고 작지만 열이 식어 달고 맛이 좋았다. 배가 불러 땅콩은 못 먹고 양은솥은 보릿짚 속에 숨겨 놓았다. 그날 밤 우리는 수박으로 포식을 했다. 머스마들은 나하고 수박 서리를 해서 덜 미안하고 좋다고 했다.

한번은 강냉이 서리를 했다. 이종사촌 원이가 강냉이를 꺾어 삶아 먹자고 해서 저녁에 만났다. 우리는 자야네 집에 숨어서 기다리고 사내아이 셋이 밭으로 가서 강냉이를 러닝셔츠 속에 가득 넣어왔다.

자야 집 뒷마당에서 강냉이를 삶아먹던 중 원이가

“내일 아침 상동댁 큰엄마가 난리 날 거야. 하지만 내가 했다는 생각은 꿈에도 생각 못 할 거다.”

해서 우리는 강냉이를 먹다 우스워 입에서 튀어나왔다. 우리는 원이네 큰집 밭에서 강냉이 서리를 했던 것이었다. 모두 폭소를 했다.

역시나 이른 아침부터 강냉이 도둑놈들을 잡아야 한다고 골목길이 시끄러웠다. 강냉이만 얌전히 꺾어야 했는데 강냉이 대까지 꺾어 난장판을 만들어 놓았던 것이었다. 알이 덜 찬 작은 강냉이마저 대가 꺾여 못 쓰게 되었다고 상동댁은 마을 골이 쩌렁쩌렁하게 소리 질렀다. 흘러간 원두막과 수박 서리 추억이다.

첫사랑

인간은 하루에도 몇 번씩 얼굴을 바꾼다. 스마트폰으로 얼굴을 찍어보면 기쁘고 우울하고 화난 기분에 따라 온갖 표정이 드러난다. 가슴 밑바닥에 꽁꽁 숨겨둔 첫사랑도 오랜 세월이 흐른 지금 아련히 떠오른다.

이름이 식이었던 그는 나보다 네 살 위로 한 동네 아랫담 외딴 집에 살았다. 아래로 여동생, 남동생 3남매가 살고 있었다. 부모가 갑자기 학살을 당해 천하에 고아가 되어 우리 집으로 왔다. 엄마가 3남매를 보살펴 우리 집에서 자고는 이른 아침에 자기네 집으로 갔다. 그러던 어느 날 식이가 있는 식량 먹고 나면 밥도 못 먹을 형편이라 동생들이 없으면 남의 집 머슴살이라도 할 텐데 하며 울었다. 그러자 엄마는 여섯 살짜리 남동생은 자식이 없는 집 수양아들로 보내고 여동생은 대구 섬유공장 집 수양딸로 보내자고 하였다.

식은 혼자가 되니 품팔이도 하고 산에 나무도 해다 팔아 초등학교를 졸업했다. 그리고 6.25가 일어났다. 식은 항상 우리 집 앞을 맴돌았다. 내가 이름을 부르다 오빠로 호칭을 바꾸니 좋아했다. 이후로 피난길에 우연히 미군부대에서 심부름을 하다가 부대가 서울로 옮겨져 오빠는 서울로 갔다.

그렇게 헤어져서 몇 년이 지난 어느 날 오빠가 우리 집에 청년이 되어 나타났다. 부모님 산소에 가보고 왔다 했다. 엄마가 반기면서 그동안 어떻게 지냈느냐 하니 오빠는 고생은 했어도 집도 마련하고 군 제대하여 대학도 다니고 동생들을 만나 3남매가 같이 산다고 대답했다. 엄마는 장하다고 칭찬했다.

그 후로 오빠와 나는 편지를 주고받았다. 오빠는 계절마다 우리 집에 찾아 왔다. 한 번은 면사무소가 있는 장터 가설극장에 영화 보러 가자 하여 얼른 따라나섰다. 친구들과 같이 2킬로미터쯤 밤길을 걸어서 갔다. 나는 오빠한테 조잘거리며 배우의 이름도 묻고 내가 읽고 있는 아리랑 잡지책에 나오는 모르는 낱말도 물었다. 오빠는 친절하게 가르쳐 주었다.

우리는 사이좋은 오누이처럼 잘 지냈다. 이듬해 봄에 왔을 때 내 나이 스무 살, 외가닥 머리 땋아 붉은 댕기를 매었다. 우리는 많은 이야기를 나누었다.

언젠가는 오빠가 왔다 간 지 얼마 되지 않았는데 다시 온 적이 있었다. 장미꽃을 꺾어 병에다 꽂은 걸 보고 오빠가

"장미보다 희야가 더 예쁘다."

하더니 말수가 적었다. 두 번째 왔을 때 우리 아버지, 엄마에게 나

하고 결혼 약속하러 온 것 같았다. 그때 나는 몰랐다. 오빠가 그날 말 한마디 못 하고 서울로 간 이유를.

얼마 지나 오빠한테서 편지가 왔다. 올해 대학 졸업장을 받아 교정을 떠나올 때 희야 생각이 많이 났다며 '내가 너한테 갈 때까지 기다려 달라' 는 편지글에 내 볼이 화끈거렸다. 부끄러워 고개도 못 들고 가슴이 두근거려서 답장도 못 썼다.

그 후 서로의 편지 소식은 끊어졌다. 하지만 내 마음속엔 사랑의 싹이 텄다. 늘 그 사람 생각뿐이었다. 편지 쓰려고 열 번도 더 펜을 들었지만 용기가 나지 않았다. 인생에는 기회가 세 번은 온다 하는데 왜 나는 그 기회를 놓치고 말았을까? 바보 같은 삶이었다. 생각할수록 등신 같은 시간이었다.

결혼 후 골몰한 시집살이를 하다 아기를 업고 친정을 가니 오빠의 남동생이 친정에 와 있었다. 나를 보고 반색을 하며 대뜸 나더러 시집을 왜 그렇게 일찍 갔느냐며 지금이라도 서울로 가자고 했다. 형은 지금도 장가 안 가고 혼자 살고 있다고 했다. 누나 생각만 한다고도 했다. 나는 동생에게 부탁했다. 나 같은 사람 생각하지 말고 좋은 인연 만나 행복하길 바란다고 전하라고 말했다. 마음 한 곳이 소금을 뿌린 듯 아려왔다.

세월이 흘러 황혼에 기우니 한 번쯤 만나봤으면 하는 생각도 든다. 몇 년 전에 그 사람의 사촌 동생을 만나 안부를 물으니 돌아가셨다 했다. 지구 한쪽이 무너지는 것 같았다. 지금도 이 세상에 없는 그 사람이 보고 싶다. 꿈결처럼 아련한 첫사랑의 추억이다.

나무 같은 삶

오월에 딸을 시집보낼 때 웨딩드레스를 내가 만들어 입혔다. 꼬박 일주일을 걸려 만드는 과정은 힘들었지만 행복했다. 한 땀 한 땀 정성을 기울여 레이스와 액세서리를 붙일 때는 손가락 끝이 아리고 아팠다. 완성되어 입혀보니 선녀가 따로 없었다. 딸은 아름다운 모습으로 26년을 함께했던 참사랑의 실체를 보이며 새 출발을 했다.

나무 같은 삶

인류 역사가 만남을 통해 이어져 가듯이 한 인간의 역사도 만남을 통해서 이루어져 간다. 나의 상처도 만남의 산물이요, 내가 어떤 능력을 수행할 수 있다면 그 또한 만남을 통해 나에게 주어진 나무 같은 삶이라 할 수 있다.

만남 중에서도 가장 먼저 생각해야 할 만남이 있다. 바로 가족과의 만남이다. 가족은 오늘의 나를 형성하는 데 결정적인 영향을 미친다. 한 가정 안에서 자라며 겪은 좋은 경험이나 아픈 경험은 나를 구성하는 필수 요소이다.

내가 누구인지 이해하기 위해서 가장 중요한 인물은 아버지와 어머니이다. 부모를 이해하려면 당연히 할아버지와 할머니를 아는 것이 중요하다. 그래서 문중에 내려오는 만남의 역사를 기록해 볼 것을 제안한다. 친조부모와 아버지와의 관계, 그분들이 당신에게 미친

영향, 그리고 외조모부와 어머니와의 관계, 그리고 부친과 모친의 관계의 뿌리를 통해 나는 성장하였다. 아무렇게나 사는 삶은 쉽지만 사람답게 사는 삶은 인내와 어려움이 많다는 아버지의 말씀은 나 어릴 적 밥상머리 교육이었다.

나는 21세에 고령, 구곡 김해 허씨, 호은공파 문중의 집성촌으로 시집와서 뿌리를 내렸다. 어른을 공경하고 형제의 화목과 자녀 교육에도 정성을 다하였다.

나는 삶을 나무로 비유한다. 나무를 이해하기 위해서는 그 나무가 뿌리를 내리고 있는 토양을 알아야 하고, 그 나무가 성장하면서 겪은 기후를 알아야 한다. '나' 라는 한 그루의 나무가 가지로 성장하는 데 내 가정의 토양과 기후는 나에게 어떤 영향을 끼쳤는지 주의 깊게 성찰해 보는 일은 아주 중요하다.

가정은 아버지의 왕국이요, 어머니의 영토요, 아이들의 보금자리다. 가정은 안심하고 모든 것을 맡길 수 있으며, 서로 의지하고 사랑하며 사랑받는 곳이다.

한 가정의 어미로서 나는 자녀들 밥상머리 교육부터 성장 과정 교육까지 정신적 유산을 물려주었다. 3대로 내려가 손자, 손녀들 참교육은 더욱 어려웠다. 요즘은 대부분 아비, 어미가 맞벌이 부부기에 내 손자, 손녀, 외손들까지 여덟 명은 할아버지, 할머니와 같이 살아온 날들이 많았다.

세월이 흘러 맏손자들은 성인이 되었다. 2019년에는 친손자, 외손자가 공무원 시험에 나란히 합격하여 당당한 사회인이 되었다. 할머니로서 손자들이 자랑스럽고 내 자식보다 더 사랑스럽다. 손녀도 사회인으로 진출하였다. 한 가정의 단단한 뿌리에서 성장한 나뭇가지는 푸르게 돋아났다.

나의 삶 둥지에서 뻗어난 가지들은 싱싱하고 튼실하다. 그러나 그들의 삶의 과정도 시간과 노력이 있어야 하고 여러 단계의 치유 과정이 필요할 것이다. 치유받기 위해서는 먼저 자기 자신을 들여다보는 작업이 선행되어야 한다. 즉 '나는 누구인가? 현재의 나는 어떤 과정을 통해서 형성되었는가?'를 점검해 보아야 한다. 내려오는 가계에 만남의 역사를 기록해 보아야 한다.

멀리 서서 내 삶의 나무를 바라보며 작았던 나무가 큰 나무로 자라 가지까지 번성하듯이 한 인간의 역사도 만남을 통해서 이루어져 간다.

나의 상처도 만남의 산물이요, 내가 어떤 능력을 수행할 수 있다면 그 역시 만남을 통해 나에게 주어진 유산이라고 할 수 있다. 뿌리를 이어준 가지를 바라보며 모진 풍파 속에서도 잘 성장했음에 감사한다.

뿌리

가을이 깊어지며 기온이 내려가는 쌀쌀한 이른 아침에 집을 나섰다. 동녘의 여명으로 햇살과 바람을 따라 찾아간 곳은 경남 김해시 대성동 금관가야 고분군이었다. 청명한 가을 날씨는 구름 한 점 없는 파란 하늘이었다. 전국에서 모여든 일족들이 인산인해였다. 나는 초행길이라 어리둥절했다. 살펴보니 뿌리의 흐름이 대단한, 자랑스러운 역사의 밑거름이 된 김수로 왕릉이었다.

가야 고분군은 고분의 입지와 배치 방식, 묘제 등을 통해 사라진 가야 문명의 성립과 발전, 소멸의 전 과정과 가야의 정체성을 보여주는 독보적인 물적 증거이다. 유사한 문화를 공유하면서도 통일된 국가를 이루지 않고 600여 년간 독립적인 체계를 이어온 가야는 고대 국가 발전 과정의 다양성을 보여주는 증거로 탁월한 가치가 있다. 또한 고분군은 고고학적 유산으로, 처음 조성된 그 위치가 옮겨지지 않고 구조를 잘 유지하고 있어 진정성이 높다. 또한 주변 지역의 도시화에도 불구하고 가야 고분군은 매장문화재로 그 영향이 현재까지 잘 유지되고 있다.

가야의 유산 구역은 고분의 규모와 계층을 반영한 배치 관계를 드러내기에 충분한 정도의 범위를 포함하고 있다. 뿐만 아니라 문화재보호법에 근거하여 국가 사적으로 지정되어 5년마다 정기조사를 실시하는 등 체계적으로 관리되고 있다. 가야 고분군은 일곱 곳으로, 김해 대성동 고분군, 고령, 함양, 합천, 창녕, 고성, 남원 고분군이 있다.

오래 전부터 내려오는 수로왕 전설이 있다. 기원 42년에 하늘에서 붉은 보자기에 싸인 여섯 개의 알이 든 황금상자가 내려왔고, 그중에서 수로왕이 제일 먼저 나왔다고 하여 수로라 불리게 되었다.

나라 이름도, 왕과 신하의 지위도 없던 옛 가야 지방에는 아홉 부족이 산과 들에 흩어져 우물을 파서 마시고 밭을 갈아 먹고 살았다. 부족마다 부족장이 있어 마을을 다스렸는데 아홉 명의 부족장을 일컬어 9간이라 했다.

어느 날 구지봉에서 이상한 소리가 울렸다. 9간과 사람들이 달려가니 형체 없이 소리만 울렸다 한다. 그 소리는 “여기 누가 있느냐?” 하고 큰소리로 말했다. “예, 저희들입니다.” “네가 있는 곳이 어디냐?” “구지봉입니다.”

“하늘에서 내게 명하시기를,

이곳에 와서 나라를 세워 임금이 되라 하셨다.

내가 왔으니 너희는 이 산꼭대기에 흙집을 짓고 하늘이 내린 대왕을 맞이하여 기뻐서 춤을 추게 될 것이다."

9간과 사람들은 기뻐하며 노래와 춤을 추었다. 하늘에서 자주색 줄이 내려왔는데, 줄 끝에 금합을 싼 보자기가 묶여 있었다. 사람들이 놀라 금합을 열자, 황금색 알 여섯 개가 나타났다. 모두 해처럼 둥글고 번쩍였다. 사람들은 영문도 모르고 정성껏 모셔 왔다.

열이틀이 지난 날 아침에, 사람들은 다시 모여 금합을 열어 보았다. 놀랍게도 알은 모두 아름다운 아이로 변해 있었다. 아이들은 밖으로 나오자마자 평상 위에 앉았다. 사람들은 삼가 절을 올리고 극진히 받들었다. 아이들은 열흘 만에 키가 9척으로 자랐다. 얼굴은 용안에, 눈썹은 팔채八彩, 눈동자는 겹눈동자여서 황제가 따로 없었다.

사람들은 아이들의 성을 황금빛 알에서 나왔으니 김金이라 하고, 가장 먼저 태어난 아이의 이름을 세상에 처음 나왔다고 하여 수로首露라 지었다. 보름이 되어 수로가 왕위에 오르니, 나라 이름을 대가락 또는 가야국이라 했다. 나머지 다섯 아이도 임금이 되어 다섯 가야국을 세워 다스렸다. 이렇게 여섯 가야국이 생겼다.

그즈음 아유타국의 허황옥이 수로왕을 찾아왔다.

"저는 아유타국의 공주로 성은 허씨이고 이름은 황옥이라 합니다. 나이는 이제 열여섯입니다. 어느 날 저의 부왕과 왕후에게 옥황상제께서 나타나 가락국의 임금 수로는 하늘이 내려준 신령스러운 사람이니 저를 보내어 짝을 짓도록 하라 하셨답니다. 부왕께서는 저에게 즉시 이곳으로 가라 하셨고, 그 명을 따라 이렇게 왔습니다."

수로왕은 크게 기뻐하며 말했다.

"나는 신령을 받고 태어나서 공주가 이곳으로 올 것을 이미 알고 있었소. 그래서 신하들이 왕비를 맞으라 청하는 것도 듣지 않았소. 이제 이렇게 현숙한 공주를 왕비로 맞이하게 되었으니 이보다 더 기쁜 일이 어디 있겠소?"

두 사람은 하늘이 이루어 준 인연임을 기뻐하며 혼인을 하고, 이틀 밤과 하루 낮을 함께 지냈다. 왕비를 맞은 뒤, 수로왕은 나라를 더욱 잘 다스려 가야국의 기틀을 튼튼히 다졌다. 왕비는 곰 꿈을 꾸고 태자 거등공을 낳았으니 참으로 경사스러운 일이었다. 그 후로 연이어 아들을 낳았고 10형제 중 두 명을 황후 성을 따르게 하여 김해 허씨 역사가 이어졌다. 왕비는 157세가 되던 해에 세상을 떴고 수로왕도 슬픔과 그리움에 빠져 살다가 158세 되던 해에 세상을 떠났다 했다. 나는 전설 같은 이야기를 귀 기울이며 들었다.

제 올릴 시간이 다가오니, 금관가야 전성기의 문화를 보여주기 위해 제례 관복과 도포, 의관을 정제하고 많은 후손들이 줄을 이어 섰다. 숭선전에서 제사를 지내는 시간은 오전 열한 시부터 50분가량이었다. 나는 수로왕릉을 나와 길 건너편에 있는 수릉원으로 향했다.

초입에 허 왕후 동상이 보였다. 수릉원에는 허 왕후와 수로왕이 함께 거닐던 숲길도 있었다. 무덤이 지금과 같은 모습을 갖추게 된 것은 1580(선조 13)년에, 당시 영남 관찰사이며 수로왕의 후손인 허엽許曄이 수로 왕비릉(허 왕후 묘)과 더불어 대대적으로 개축하였고, 1647(인조 25)년에는 왕명에 의하여 허적許積이 묘비문을 지어 가락국

수로왕릉이라 새긴 능비를 세웠으며, 1878(고종 15)년에는 숭선전의 호를 내리고 능묘를 개축하여 지금의 모습을 갖추었다고 한다.

나는 오늘 김수로왕 제사에 오기를 참 잘했다는 생각이 들었다. 말로만 듣고 책자로 읽어본 것과는 다르다는 느낌을 받았다. 뿌리의 흐름이 눈에 보이니 자랑스러웠다. 김해 허씨 문중 며느리로서 슬하에 김해 허씨 후손을 이어준 어미가 된 것에도 자부심을 느꼈다. 역사의 밑거름이 될 뿌리의 역사를 배웠기에 이를 후손들에게 길이 전할 것이라 다짐도 했다.

시집살이

등 떠밀리는 식으로 가기 싫은 시집을 가니 첩첩산골 집성촌 6남매의 맏며느리였다. 시집가자마자 신랑은 입대를 했다. 신랑도 없는 시집살이가 시작되었다. 아버님은 9남매 중 3남이지만 큰댁 백부님이 작고하셔서 시조모님은 우리 집에 늘 계셨다. 어른이 계시니 손님은 줄을 이었고 그 시절엔 술상과 밥을 지어 드려야 하는 풍습이라 어린 시동생들 것까지 한 끼 밥상을 예닐곱 개 차려야 하니 첫째로 찬이 큰 문제였다.

사랑에 아버님상, 안사랑에 시조모님, 안방에 시모님, 시동생 시누이 둥근 상, 사랑 뒤채에는 일꾼상, 손님이 오시면 손님상. 그 시절에는 냉장고가 없어 시모님이 5일장에서 갈치 몇 마리와 김을 사 오시면 어느 사이에 손님이 오실지 모르니 복판 토막은 옹기그릇(꼬막 단지)에 소금 뿌려 담아 5일장이 다가올 때까지 먹지 못했다. 다음

5일장 장날 생선 사 오시면 무를 작은 솥에 많이 깔고 간해놓은 생선 대가리, 꽁지를 무 위에 놓고 국물이 찰박하게 끓여도 그때는 꿀맛이었다.

스물한 살, 시집을 갔던 첫 해 배추 150포기 소금 절이는 일을 어머님께서 시켰다. 시집살이는 이유가 없다. 어린 내 생각에도 다섯 되쯤 되는 소금으로 배추 간을 못할 것 같아 궁리를 했다. 우선 가마솥에 연한 소금물을 따뜻하게 끓여 배추를 담갔다. 그러고는 큰 장독에 넣고 위에 소금을 술술 뿌렸다. 이틀 만에 배추는 숨이 죽었다. 그렇게 절인 배추를 씻었다. 그 다음 큰 양은그릇에 소금 간한 물, 고춧가루, 마늘을 넣고 휘저어 절인 배추를 양념 물에 퐁당 담갔다가 큰독에 넣고 무를

한 채씩 깔아 김치 한 독을 시누이와 짧은 시간에 끝냈다.

청소도 마치고 쉬는 시간에 나들이 갔던 어머님이 돌아오셨다. 집이 조용하여 김장이 어떻게 되었는가를 딸에게 물어보셨다. 시누이는, 올케 언니는 짧은 시간에 김장했다고 대답했다. 어머님은 김장독 뚜껑을 열어 보시고 아무 말씀 안 하셨다. 그렇게 숙성이 된 김치는 그해 겨울 꿀맛이었다.

시집살이는 혼자 고충을 감내해야 하고, 말도 조심스럽다. 그 시절 며느리는 다 그랬다.

어머님 베틀로 짠 무명 한 필일 말아지면 백설같이 희어지게 잿물을 내리고 삶아내서 햇빛에 말리기를 열두 번을 족히 했다. 그러면 바지저고리 재단해서 솜바지, 솜저고리 만들고, 명주, 모시 두루막을 내 손으로 곱게 기워 깃과 끝단은 풀로 붙여 만들었다. 빨래하면

조각조각 풀 먹여 방망이로 다듬질해 놓은 것을 어머님이 보시고 풀이 잘못되었다고 물에 담가버려 다시 풀 먹여 다듬질해야 하는 시집살이였다. 한번은 어머님께서 같은 꾸지람을 여러 번 반복하시기에 수건을 머리에 쓰고 양손으로 귀를 막고 쪼그리고 앉아 있었더니 갑자기 어머님 손이 나의 앞머리를 확 잡아당긴 일도 있었다.

형님 형님 사촌형님 시집살이 어쩝디까?
동생 동생 말도 마라 시집살이 개집살이
고초 당초 맵다 한들 시집보다 더 매우랴

시집살이 삼 년 만에 이내 손 두껍 잔등
삼단 같은 머리채는 짚 덤불이 되었다.

시집살이 노래의 일부다. 도입부만 들어도 시집살이가 어떤지 짐작이 간다. 요즘 사람들은 이런 시집살이를 해보지 않았을 테니 이해도 안 되겠지만 오죽하면 시집살이 개집살이라고 했을까? 고초 당초란 아마 매운 것을 통칭하는 것으로 시집살이가 맵다는 말이다. 얼마나 힘든 시집살이였는지 벙어리 3년, 장님 3년, 귀머거리 3년, 도합 9년이 지나야 시집살이를 안다고 했다.

1년 시집살이하고 친정을 가니 사랑채에 계신 아버지는 몰골이 된 딸 모습에 돌아앉아 눈물을 훔치셨다. 그 시절에는 1년 시집살이 하면 친정에서 1년을 쉬는 풍습이 있었다. 그래서 이듬해 봄에 나는 신랑 따라 시집에 가질 않았다. 이후 신랑은 1년 동안 농사를 지었는데 그해 여름에 비가 많이 와서 홍수로 흉년이 들었다. 대가족 1년 식량도 모자랐기에 신랑은 도시에 취직해서 혼자 직장생활을 하였다. 그렇게 세월이 흐른 후에 우리는 신랑이 사는 단칸방으로 아들딸 3남매와 분가했다. 나는 친정아버지한테 돈을 빌려 양재학원을 다녔다. 시집갈 때 내가 쓰던 미싱(재봉틀)을 가지고 갔으니 옷을 만들어 용돈도 벌었다. 양장점도 차렸다. 그러나 다복한 가정으로 행복도 잠깐이었다.

어머님은 부잣집 막내딸로 자라 바느질이 서툴렀다. 아버님 솜 한복 바지저고리를 빨래도 하지 않고 나에게 보내면 나는 옷을 깨끗이 빨고 새로 만들어 고향 집으로 보냈다. 그 세월 3년이 지나니 어머님이 도시에서 같이 살자고 세안하셨나. 경북대학교 뒤편에 집을 마련하여 대가족이 함께 살게 되었다.

이후 시동생들은 출가했고, 앞서 조모님, 아버님은 노병으로 수술을 두 번 하시고 3년 만에 작고하셨다. 어머님께서도 2년 만에 떠나셔서 7년 만에 시집살이가 끝이 났다. 자녀 3남매도 성장해서 군에 입대하고 대학에 갔는데 갑자기 집안이 조용하니 우울증이 왔다. 수족이 저렸고 두통이 잦았다. 나는 누구의 권유도 없이 혼자 산을 걷기 시작했고, 봉사활동에도 참여했다. 바쁘게 시간이 흐르다 보니 몸이 차츰 나았다. 지금 다시 그 시절로 되돌아간다면 나는 아마 못 살아 낼 것이다.

시할머니의 치매

꽃이 시들고 청춘이 늙듯이 인생의 영속은 허락되지 않는다. 삶의 외침을 들을 때마다 마음은 재출발의 각오를 다지지만 뜻대로 안 되는 것이 우리의 삶이다. 요양원, 주간 보호센터 봉사활동을 하며 정신을 놓은 어른을 보니 시할머니 생각이 나서 눈물이 쏟아진다.

치매라는 단어만 들어도 울컥했다. 치매 걸린 시할머니와 6년을 함께했던 날들을 회상한다. 마음속으로 미워했던 기억들을 더듬어 보면 괴롭고 한스럽다.

치매는 나이가 들어가면서 뇌에 발생하는 질환으로 인지능력을 상실하게 된다. 방금 있었던 일을 금세 잊어버리고 약속을 잘 지키지 못하는 기억 장애, 했던 이야기를 반복하거나 대화의 이해력이 떨어지고 점차 이치에 맞지 않게 이야기하는 언어 장애, 집안일과 개인위생 등에 문제가 생기는 실행 장애는 치매를 의심해 볼 만한 전조 증상이라 한다.

자손이 흥성한 대소가에서도 대장부 못지않은 기개를 자랑하시던 시할머니는 어느 날 기억을 잃기 시작했다. 기세등등하시던 시할머니는 어느새 세상에서 가장 나약한 존재로 변해버렸다. 매일 밤 시할머니께서 잠이 드셔야 이불도 덮어드리고 요강(소변 통)도 옆에 갖다 놓고 나도 잘 수 있었다. 바스락 소리가 나면 빨리 이불과 요강을 치워야 했다. 조금만 늦으면 요강에 든 오줌을 방바닥에 부어 손으로 철벅 철벅 치고 이불도 입으로 물어뜯어 창밖으로 던져버리셨기 때문이다. 시할머니는 나를 무척 힘들게 했다.

어떤 때에는 입맛이 없나고 수저를 놓으시다가 갑자기 다른 반찬을 해달라고 호령을 했다. 한 끼에 몇 가지 종류의 국을 요구하거나 지나칠 정도로 반찬투정을 하셨고 많이 드시고 나면 이튿날 설사를 하여 속바지와 다리에 인분이 흘러내려 어떻게 해야 할지 난감했다. 손으로 씻을 수도 없어 마당 한쪽 수돗가에 할머니를 세워 놓고 호스로 물을 뿌리며 빗자루로 인분을 쓸어내려야 했다. 그러다 잠깐 본정신이 들면 '금쪽같은 내 손부를 이렇게 애를 먹이나, 내가 어서 죽어야지' 하시다 금세 '나를 얼려 죽인다' 면서 '동네 매를 맞아야 한다' 고도 하셨다. 할머니를 씻겨 포대기로 싸서 방에 누이고 나오면 이 과정을 보시던 아버님은 옆에서 내 손을 잡은 채 얼굴은 반대편 하늘을 보시면서 고맙다는 말씀을 연거푸 하셨다.

시고모님들이 오시면 할머니는 내 흉을 자자하게 했다. 시고모님들은 당신 어머니 말씀은 듣지 않고 나에게 연신 고맙다는 인사만

했다. 시할머니 슬하에 9남매나 있어도 하루도 안 모시려 했다.

시간이 지날수록 시할머니의 병세는 나아질 기미를 보이지 않고 심해졌다. 찾는 물건이 눈에 보이지 않으면 누군가가 가져간 것이라고 의심부터 하기 일쑤였다. 지갑 속 돈이 사라졌다며 야단법석을 떠는 일도 부지기수였다. 매번 의심받고 억울한 해명을 해야 했던 나의 마음고생은 이루 말할 수 없었다. 때로는 분노가 치솟기도 했다. 어쩌다 내가 한눈을 팔면 할머니는 어느새 밖으로 뛰쳐나갔고 온 동네를 찾아 헤매다 보면 담장 밑에 숨어 있었다.

아이들이 중요한 시기인 중3, 고3 학생들이라 내가 전적으로 할머니에게 매달릴 수도 없는 상황이었다. 게다가 아버님께서 병원에 입원하신 탓에 어머님이 아버님 간호를 하시느라 음식도 준비해 병원에 갖다 드려야 했다. 대가족에, 몸이 열 개라도 못 당할 것 같아 6년을 모신 할머니를 고향에 계시는 중부님 댁에 모셔다 드렸다. 그러고 나오는데 할머니가 잠깐 본정신이 들었는지 그만 목을 놓아 우셨다. '손부야 네가 가면 나는 어떡하라고, 가지 말라' 며 치맛자락을 놓지 않고 매달리는 할머니를 두고 나오면서 한없이 눈물을 흘렸다.

시할머니는 며느리 두 명을 앞서 떠나보냈다. 숙모님 고향 장례식에서 시할머니를 뵈러 가니 고모님들이 할머니 계신 방문을 열다 주춤하면서 문을 얼른 닫기에 무슨 일인가 싶어 나도 방문을 열었다. 그 순간 깜짝 놀랐다. 할머니의 몸은 짚동 같이 컸고, 하얀 머리카락은 솜사탕같이 하늘로 치솟고 있었다.

나는 가마솥을 씻어 앞 도랑물 두 통을 길어다 끓여 목욕을 시키기로 했다.

기세등등하게 온갖 떼를 쓰고 집안을 난장판으로 만드시던 할머니가 어느새 세상에서 가장 나약한 존재로 변해 있었다. 목욕시킬 때 축 늘어진 할머니의 몸을 보니 한없는 연민의 정이 느껴졌다. 말이 없으니 억지로 필요치 않은 말이라도 자꾸 되뇌게 하다가 초점 잃은 할머니의 눈을 보면서 나도 모르게 울컥 눈물을 훔쳤다. 너무나 힘들었던 지난날들이 떠오르면서 이제는 이렇게 모든 것이 잊혀 가는구나 하는 생각에 마음이 아리도록 아팠다. 할머니 몸뚱이는 노끈, 새끼, 비닐, 수건, 옷가지로 동여매어져 있었다. 한순간은 괴물 같았다. 세 시간 동안 몸뚱이에 묶인 끈을 풀고, 목욕시키고, 머리카락을 한 올 한 올 빗으로 빗어 머리를 감겼다.

방 닦아 이부자리 위에 눕혀 놓고 동여매던 끈들은 큰 대야에 담으니 고모님들이 엄마 마지막으로 보고 간다고 방문을 열었다. 그 순간 깜짝 놀라면서 넷째 고모님은

"질부야, 여태 우리 엄마를 목욕시켰니. 신선같이 해놓았네." 하시며 내 손을 잡고 눈물을 흘리셨다.

"질부야, 너는 무슨 인간이고. 저 속에서 나온 딸, 나도 못하는데 어떻게 자네가 이렇게 할 수 있나." 하시며 울먹였다.

할머니 슬하에는 9남매의 자녀가 있었다. 3대 내리 증손까지 집안에 행사가 있을 때면 80~90명이 대소가에서 모이는데, 다섯 고모님들은 하나같이 나를 칭찬하시며 앉을 자리를 마련해 주셨다.

시할머니는 86세로 세상을 떠나셨다. 워낙 소생이 많다 보니 5일장례식에 환갑, 진갑 지낸 사위들이 수두룩했다. 상객들마다 호상이라고 입에 침이 마르도록 칭찬이 자자했지만 그 시절 안사람들의 보

이지 않은 고생은 이루 말할 수 없었다.

며칠 전에 고향에 가서 성묘를 했다. 산소에서

"할머니 손부 왔습니다. 절 받으세요."

절 두 번 하고 묘 봉우리에 떨어진 낙엽을 주웠다. 이제 내가 할머니의 나이가 되어 인고의 세월을 돌이켜 보니 인생은 한 조각 뜬구름이 아닌가 싶다.

차마 말씀 못 하시고

해를 거듭할수록 과학 문명은 발달하고 인간의 삶은 더 윤택해진다는데 실제로 그렇지만은 않은 듯하다. 자본의 지배 구조는 더욱 촘촘하게 짜이고 세상은 등을 떠밀며 바쁜 일상을 재촉한다. 그러면서도 세상은 우리에게 잊을만하면 어떻게 살아야 잘 사는 것이냐고 화두를 던진다.

나는 20대에 김해 허씨 문중으로 시집을 왔다. 시아버님이 어렵기만 했다. 뚜렷한 이목구비에 미남형의 얼굴이라 소싯적엔 인기가 많으셨다는데 내 눈에도 그렇게 보였다. 한복 차림에 중절모를 쓰시고 문중 나들이하시는 풍채는 멋이 있었다. 그런데다 아버님은 시조모님에 대한 효성이 깊으셨다.

당신의 어머니가 몸살이나 배가 아프다 하시면 병원도 읍내까지 가야 했고 약국도 없으니 밤에는 남몰래 어머니를 업고 마당을 왔다

갔다 하시기도 했다. 나는 통시(화장실)에도 못 가고 배를 움켜쥐고 있다가 아버님이 사랑에 들어가시면 화장실을 갔다.

시아버님은 나에게는 며느리 사랑은 시아버지라는 말을 실감 나게 해 주셨다. 어느 날 아침에 아버님께서 나를 불러 사랑방에 들어갔다. 그랬더니 지난밤 오촌댁에서 제삿밥을 가져와 드시고 남은 음식이 있어 안채에 갈 것 없이 먹으라 하셨다. 철이 없던 나는 맛있게 먹었다. 그 일을 어머님이 아시고 며느리 교육 잘못했다고 난리가 났다.

"어머니 제가 잘못했습니다."

손이야 발이야 빌어도 막무가내였다. 나는 당장이라도 음식을 토해내고 싶었다. 시어머니의 분노가 수그러들지 않으니 나는 몸 둘 바를 몰라 한쪽 모퉁이에 서 있었다. 그때 시아버님이 뭘 찾아온 척 내 손을 잡고 며느리인 나에게 사과를 하셨다. 네가 참아달라고 부탁하시는 것 같았다. 그럼에도 어머니의 언성이 높아지시니 아버님은 낫을 들고 곡식 담아놓은 가마니를 냅다 쳤다. 마당에 곡식이 줄줄 흘렀다. 바가지로 담아 거름 위로, 마구간으로 퍼서 던지니 어머니는 그제야 아버님 손을 잡고 잘못했다고 빌었다.

세월이 흘러 시조모님의 치매가 시작되었다. 손부인 내가 밥을 안 줘서 배가 고프다고 하시며 딸네 집에 가신다고 보따리를 들고 나섰다. 워낙 완고하셔서 누구도 말리지 못했다. 조모님은 슬하에 9남매를 두셨다. 그러나 아무 집에서도 하룻밤을 못 지냈다. 치매는 오히려 점점 심해져서 다시 우리 집에 오시게 되었다. 아버님이 효자이셨으니 말이다. 부모가 자식 집에 못 오면 어디로 가겠는가.

한 끼에 조모님 밥상을 두세 번씩 차려야 해도 군말 없이 했다. 아버님은 내 눈치를 보셨다.

한 번은 조모님이 식사를 많이 하셔서 설사가 났다. 속바지에 인분이 가득 흘러내렸다. 마당 모퉁이 수돗가에 조모님을 세워놓고 호스로 물을 뿌려가며 빗자루로 인분을 쓸어내렸다. 조모님은 연신 '네 요년 날 얼려 죽인다' 고 소리 지르시다가 본정신이 들면 '손부야 내가 빨리 죽어야 되는데 미안하다' 고 말씀하셨다. 아무 말 없이 조모님을 포대기에 싸서 방에 모셔 누이고 나오니 아버님이 내 손을 잡으셨다. 조모님의 수발로 고생하는 그 과정을 지켜보셨는지 손을 잡고 돌아서서 차마 말씀 못 하시고 먼 산만 바라보시던 아버님!

세월 지나고 보니 보는 것이 그립다. 병환 중에도 호통을 치시던 조모님과 며느리의 손을 잡고 차마 말씀 못 하시고 먼 산만 바라보시던 아버님의 사랑이 그립다.

갈치 한 토막

매달 정기적인 등산 날이 다가왔다. 겨울비 추적추적 내리는 날, 경남 창원 저도에 갔다. 테마 길에 우산을 쓰고 걸을 때 철썩이며 하얀 거품으로 밀려오는 파도와 바다의 운치는 일품이었다. 바닷가 길을 돌아서 작은 어시장으로 갔다. 그곳에는 다양한 생선들이 있었다. 도매시장이라 오전 장사를 마치고 오후가 되면 상인들이 집으로 귀가하여 한산했다.

한 바퀴를 돌아 갈치가 있는 상점 앞에 섰다. 싱싱한 은빛 갈치를 바라보고 있으니 상인 여자가 피로에 지친 몰골로, 제주 국산 갈치라며 모두 만 원이라 했다. 크기는 작지만 줄잡아 열두 마리에서 열다섯 마리쯤 돼 보였다. 떨이라 싸게 준다며 토막을 내고 소금을 쳐서 봉지에 담아주니 제법 묵직했다. 양이 많은 갈치를 보는 순간 지난날 내 소싯적 구운 갈치 한 토막이 생각나기도 했다.

층층시하에 갓 시집와서 고개도 못 들고 시집살이하고 있을 때였다. 5일장에 다녀온 시어머님께서 갈치를 넉넉히 사 왔으니 저녁 밥상에 식구 수대로 갈치 한 토막씩 구워 상에 올리라고 말씀하셨다.

대가족이라 무쇠가마솥에 저녁밥을 지었다. 솔잎 낙엽과 갈비로 태운 빨간 불에 구운 석쇠 갈치구이는 수분이 줄고 특유의 향기와 고소함이 더해져서 식감이 일품이었다. 나는 정성껏 식구 수대로 갈치를 구워 부뚜막에 놓았다. 온 집안에 갈치 냄새가 그득했다. 그런데 아뿔싸, 내가 잠깐 한눈파는 사이에 강아지가 생선 한 토막을 물고 달아났다. 이 일을 어쩌나 하고 당황하는 사이에 외출했던 신랑이 왔다. 뭐 때문에 수심이 가득한 얼굴이냐고 묻기에

"저녁 밥상에 갈치구이 한 토막씩 놓기로 했는데 강아지가~"

내 말이 끝나기도 전에 신랑이 얼른 밥상을 차려 빈 접시를 하나 놓으라 했다. 신랑이 허겁지겁 밥을 먹고 상을 물리는데 들에 나갔던 식구들이 돌아왔다. 어머님이 큰애 갈치 한 토막 줬냐고 하시니 신랑이 얼른 오늘 갈치는 참 맛있었다고 둘러대었다. 신랑 덕분에 꾸지람은 모면했지만 참으로 민망한 노릇이었다. 지금 생각하면 꼬막 단지에서 갈치 한 토막 더 꺼내어 구웠으면 될 것을. 그때는 거기까지는 생각이 못 미쳤다.

작년 가을에는 친구들과 제주도에 갔다. 산굼부리 은빛 갈대는 환상이었다. 하하 호호 여행의 즐거움을 만끽하다가 저녁에는 제주 통갈치구이 식당으로 갔다. 밥상이 차려질 때 통갈치를 보고 깜짝 놀랐다. 길이가 족히 1미터는 되어 보였다. 우와! 크다! 노릇노릇 구운 갈치는 맛도 일품이었다. 그러나 내 어찌 새댁 시절을 잊으랴. 갈치

한 토막으로 가슴 졸이던 젊은 날의 나와 새색시를 감싸주려고 상위에 빈 접시를 놓고 애쓰던 젊은 신랑이 떠올랐다. 지금은 저 세상으로 가고 없는 그를 잠깐 생각하며, 젓가락으로 갈치 한 토막을 집어 들었다.

부부 여행

내 나이 스물한 살에 부부로 만나 57년 동안 단둘이 외식이라곤 해본 적이 없었다. 여행은 언감생심 꿈도 꾸어 보지 못했다. 용기 있는 도전이 즐거운 인생을 만든다고 했지만 내 삶은 그냥 이렇게 사는 것이라 믿고 살아왔다.

하루 동안 있었던 일들의 자초지종을 남편 밥상머리에 앉아 얘기하는 게 하루의 끝이었다.

집을 떠나 자유롭게 여행하는 생활은 그저 행동만이 아니라 마음가짐이기도 하다. 이런 마음가짐은 오랫동안 지켜온 생활 방식을 바꾸거나 새로운 친구를 사귀게 한다. 그렇게 되면 어떤 환경에 있는 사람이라도 활기가 넘치는 생활을 하게 될 것이지만 우리 부부는 그런 날이 없었다. 남편으로부터 우리 오늘 외식 한번 할까, 어디 여행이라도 갈까, 그런 제안을 받아본 적이 없었다. 우리에게는 삶에서 변화를 받아들이고 새로운 방향으로 발전하는 과정이 없었다.

외손녀가 싱가포르 항공사의 승무원이다. 휴가를 내어 외할아버지, 외할머니 해외여행 시켜드린다고 자기 엄마에게 부탁하여 딸과 작은 외손녀, 우리 노부부가 여행을 가기로 했다. 인천공항에서 이륙한 지 여섯 시간 만에 방콕 수완나품 공항에 도착했다.

손녀가 숙소로 인솔하려는데 남편이 걸음을 못 걷겠다고 했다. 내가 놀라 왜 그러느냐고 물으니 장시간 비행기에 앉아 있어서 그런 것 같다고 했다. 남편은 딸의 부축을 받아 택시에 올랐다. 호텔 숙소에 짐을 풀고 바로 마사지하는 곳으로 가서 마사지를 받고 나니 괜찮다 했다. 그래도 내가 미심쩍어 손을 잡으니 평생 살아온 습관으로 내 손을 거절했다. 어른들 눈치 보며 살아온 우리 부부의 삶이었다.

손녀는 미리 관광지도 검색해 놓았다. 조식을 마치고 나오면 호텔 앞에 차가 대기하고 있었다. 휴양하고, 관광하고, 자연 생태 코끼리도 타보고, 밀림지대 호수에서 배도 탔다. 자연, 온천, 쇼핑, 맛집 뭐 하나 빼놓지 않고 전부 즐길 수 있도록 배려해 줬다. 특히 재래시장은 우리나라 축제 분위기를 연상시켰다. 손녀가 외할아버지 드시고 싶은 음식 말씀하시라 했지만 남편은 아무거라도 좋다고 했다. 내가 옆에서 말하라고 해도 그냥 사주는 대로 먹겠다고 고집했다. 집에서는 그토록 위풍당당하던 사람이 밖에 나와서는 왜 이렇게 나약해지는지 이해가 안 갔다. 우리 부부의 처음이자 마지막 여행이었다.

수의

강물처럼 흐르는 세월에 우리는 나이를 먹어 간다. 물을 따라가다 보면 때론 갑작스런 급물살에 휩쓸려 원치 않던 방향으로 떠내려가게도 된다. 동서고금으로 늙음을 탄식하고 백발을 서러워하는 사람도 예외 없이 늙어가고 백발과 함께 삶을 마치게 된다. 삶의 마지막에 망자에게 입혀 보내는 옷을 '수의' 라 한다. 요즘은 '하늘 옷' 이라도 한다.

5월 하순, 녹음이 짙어져도 불어오는 아침 바람은 서늘해서 옷깃을 여미었다. 현관문을 열어 놓고 TV를 보던 남편이 반소매 차림으로 화단에 물을 준다 하기에,

"어제 비가 왔으니 오후에 물 줘요!"

TV에 몰두하고 있는데 어디선가 신음소리가 나 밖을 내다보았다. 화단 앞에 남편이 물뿌리개를 팽개친 채 마당에 털썩 주저앉아 있었

다. 후다닥 달려가 남편을 부축했다.

"왜 그래요?"

"못 일어나겠다."

마침 대각선으로 마주 보는 이웃에 사는 아들이 밖에 나오다가 사태를 파악하고 119를 불러 병원 응급실로 향했다. 병원에서는 서둘러 혈액 응고를 막고 피를 묽게 하는 링거를 달았다. 30분가량 지나니 남편의 정신이 돌아오고 어눌했던 말도 트였다. 의사는 조기에 응급조치를 할 수 있어 다행이라고 하면서 MRI도 찍어야 하고 정밀검사를 하자고 말했다. 남편은 병실로 옮겨졌다.

"여보, 괜찮아요?"

"응, 괜찮아."

괜찮은 것이 아니었다. 날씨는 갑자기 더워지는데 남편은 감기, 몸살로 괴로워했다. 식성조차 까다로워 병원 밥은 아예 쳐다보지도 않았다. 아침, 저녁으로 병원과 집을 오가며 식사를 준비하고 밤에는 보조 침대에서 쪽잠을 자다 보니 나 역시 몸살에 시달리게 되었다.

퇴원해서도 남편은 음식을 입에 대려 하지 않았다. 팥죽, 녹두죽, 잣죽 등 여러 가지를 믹서로 갈아 미음으로 후루룩 마시게도 해보았지만 환자의 체력은 급속도로 떨어졌다. 변비가 왔다.

어느 날 남편이 화장실에서 나오질 않았다. 문을 여니 인분이 여기저기 흘러 있고, 항문이 열려 있었다. 변기에 앉혀놓고 목욕을 시켜 자리에 누였다. 서둘러 인터넷을 열어보았다. 항문이 열리면 죽음을 목전에 둔 것이라 했다. 눈앞이 캄캄했다. 수의 준비도 못 했는데. 그러잖아도 다가오는 윤달에는 수의를 준비하려고 벼르고 있던 참이었다. 서둘러 '수의'를 검색했다. 비용이 거의 천만 원에 육박했다.

황망 중에 며느리를 앞세워 재래시장을 찾았다. 내 손으로 남편에게 수의를 만들어 입히고 싶었다. 자식들이 나의 건강을 염려했지만 개의치 않았다. 수의 재료상에서 삼베를 넉넉히 구입했다. 그러나 그렇게 손수 재단하고 만드는 중에 남편은 운명했다. 야속한 사람. 조금만 더 기다려 주지. 나는 밤새 눈 한번 안 붙이고 재봉틀을 돌렸다. 한 땀 한 땀 사랑과 정성으로 남편의 수의를 장만했다. 박음질에 손이 바늘자국투성이가 되었지만 마음은 편안했다. 일생을 같이한 사람이 아니던가.

사람이 한평생 살며 여러 종류의 옷들을 입지만 죽어서 세상을 하직할 때는 염색하지 않은 소색消色 수의를 입는다. 지방에 따라 약간의 차이는 있으나 수의에는 주머니가 없다. 이승의 모든 것을 내려놓고 마지막으로 입고 가는 옷이 바로 하늘 옷, 수의이기 때문이다.

젊은 날, 시부모님과 친정 부모님, 집안 어른들 것까지 수의를 만들 때는 대소가의 아낙네들이 모여 만들었다. 웃어른들은 맛있는 음식을 해주시기도 했다.

장례식도 상조에서는 현대식을 권유했지만 나는 전통식을 고집했다. 일가친척들이 망자에게 수의를 입히는 모습을 지켜보았다. 입관을 준비하는 사람도 내가 만든 전통 수의를 보고 놀라워했다. 입관을 끝낸 상주들은 흰옷으로 갈아입었다. 아들은 굴건제복을 입었다. 영안실에 온 문상객들도 오랜만에 옛것을 보니 감회가 새롭다고 칭찬을 했다. 영구차로 화장터에 가서도 많은 사람들에게 전통 상복이 구경거리가 되었다.

49재는 고인이 평소 즐겨 찾던 절에서 하기로 했다. 체력이 쇠진하여 곧 쓰러질 것 같았지만 나는 그 일곱 번의 재를 제대로 올리고자 자녀들과 손자 것까지 정성을 다해 새하얀 모시옷을 준비했다. 50여 년 전 새댁이었던 내가 직접 지어드린 시아버님 모시 바지, 모시 적삼, 남편이 생전에 입었던 모시옷, 삼베 바지, 남방, 두루마기, 도포들을 모두 활용했다.

이번 여름은 유난히 더웠기에 한 번 입으면 땀이 배었다. 모시옷은 세탁기 빨래를 하지 못한다. 천이 섬세하여 입은 옷은 한 주 동안도 두질 못하니, 열 벌을 손빨래하고 풀 먹여 다림질해 놓으면, 잠자리 날개 같았다. 집안이 홍성하여 매주 20~30명씩 줄을 이어 절집 대웅전에 들어가면 법당이 그득했다. 주지 스님도 망인의 마지막 가는 길, 후손들 옷이 밝아 편히 가신다며 흐뭇해 했다. 그렇게 49재가 끝났다. 모두 마무리되었다.

남편의 마지막 가는 길, 내 손으로 만들어 입혀 보낸 소색 수의, 님은 도포 넓은 소매로 팔을 벌려 하늘로 훨훨 날아 극락왕생했으리라 믿는다. 나는 법당을 나와 하늘을 올려다보았다. 구름 한 점 없이 푸른 하늘로 도포 자락을 펄럭이는 남편을 향해 팔을 들어 안녕을 고했다. 편히 가세요, 내 사랑.

자녀 교육

만물의 영장이라고 하는 인간의 삶 중 어린 시절은 여느 동물들에 비해 나은 것이 없어 보인다. 손도 많이 가고 보살핌도 극진해야 하고 무엇보다 혼자 할 수 있는 것이 아무것도 없다. 부모의 도움이 절실히 필요한 시기이다.

소농가에서 시집살이에 아들 둘, 딸 하나 3남매를 두었다. 아이들이 자라니 내 마음속에 걱정이 쌓였다. 농사지은 소득으로는 대가족이 먹고 사는 데도 벅찼다. 시동생들도 있는데 세 자녀 교육이 큰 문제였다. 농촌에서 교육비는 어림도 없다. 마침 신랑이 취직을 해서 도시로 따라나왔다. 어른들을 안 모시려고 도시로 나간다고 부모 형제들까지도 입방아를 찧었다. 나는 귀를 막고 자녀의 교육만을 생각했다. 무슨 일이든 해서 3남매를 교육시키려는 일념뿐이었다. 돈이 된다면 무엇이든 가리지 않았다.

시동생들은 시골에서 초등학교를 졸업했다. 그 시대는 중학교 진학에도 시험을 쳐야 했다. 시동생들은 시험에 떨어진 후 삶의 현장을 찾아 도시로 나갔다. 그러자 어머님도 나하고 같이 살아야 한다며 촌에서 대구로 왔다.

그렇게 식당을 시작했다. 식당은 가족이 먹고 남는 것은 그대로 수입이 되었다. 대가족에, 식당까지 운영하려니 나는 잠시도 쉴 틈이 없었다. 잠이 모자라 화장실에서도 자고 길을 걸으면서도 몇 초씩 눈을 감았다.

그러다가 자녀들이 초등학교에 들어갔다. 엄마 역할은 도시락을 싸 주고 책을 사주는 것이 전부였다. 공부를 어떻게 하는지 보살필 시간이 없었다. 말로만 열심히 하라고 다그쳤다. 엄마는 시간도 없고 지식도 없으니 너희들 스스로 알아서 하라는 말밖에 할 수 없었다.

그러다보니 3남매 자녀들의 초, 중, 고 졸업식에 엄마로서 한번도 간 적이 없다. 시간이 없었다. 늘 시간에 쫓기어 옆을 돌아볼 틈이 없었다. 한때는 대학생만 세 명이었다. 큰아들이 군 복무를 마치고 복학하고 딸과 막내아들이 대학에 입학했다. 등록금이 없어 눈앞이 캄캄했다. 고개를 들어 저 하늘 아래 어느 지붕 밑에 내 자녀들 등록금이 있을까 하는 생각에 소리 없는 눈물이 흘러내렸다.

그런데 딸이 대학 입학하던 무렵 행정실에 가서 대출을 받으려 하니 불가하다고 했다. 장학생이라는 것이었다. 딸은 장학금 소식에 팔을 들어 펄쩍 뛰면서 말했다

"엄마, 내 등록금으로 오빠 등록금 주면 되겠지?"

이후 딸은 4년 내내 장학생을 유지하다 졸업했다. 막내아들도 장학금을 받았다. 두 아이는 국립대학생이었다.

물론 집안에서는 할아버지, 할머니, 삼촌들까지 온 식구들이 어려운 살림살이에 가시나 대학 보내서 뭐하냐고 집중 공격을 했다. 그 소리들은 내 귓등에도 들리지 않았다. '자녀 교육' 은 내 삶의 목표이자 꿈이었기 때문이다. 막내 삼촌과 조카 사이는 다섯 살 차이다. 삼촌들은 초등 졸업인데 조카는 대학원까지, 거기다 딸까지 대학교를 갔으니 집안의 공격은 말로 할 수 없었다.

나는 평소 자녀들에게 "엄마의 소원은 너희들 대학 졸업식에 가는 거다."라고 말하곤 했다. 그 말이 씨가 되었다. 딸아이 졸업식 사각모는 너무 예뻤다. 딸이 모자를 벗어 내 머리에 위에 얹고 같이 사진 촬영도 했다. 막내아들 대학 졸업식은 큰아들 대학원 졸업식 날과 시간이 같아 식구가 모두 서울로 갔다. 연세대학교 캠퍼스는 대단했다. 결국 삼 남매 대학 졸업식장에서 나는 기쁨의 눈물을 흘렸다. 참으로 고달프고 힘든 시간이었다.

언젠가 고향 동네 모퉁이에서 집안 일가 어른을 만나 인사를 했다. 어른께서는 '자네가 위천댁이냐' 묻더니 이렇게 말씀하셨다.

"이 사람아 고맙다. 우리 집안에 딸아이 대학교 보낸 일은 자네가 처음이다. 가세도 넉넉지 않은데 35호 집성촌에 이런 경사가 있나."

뜬금없는 칭찬에 날아갈 듯한 기분이었다.

자녀들은 그렇게 성장했다. 모두 결혼을 해서 손자, 손녀가 여덟 명이다. 손자들은 엄마, 아빠가 공부 잘했느냐고 묻는다. 나는 돈이 없어 학원도 못 보내고 쌀밥 도시락도 못 싸주고 용돈도 없었지만 모두 공부를 잘해서 장학금도 받았다고 대답한다. 지난 세월의 자녀 교육 생각에 눈물이 고인다. 참 많이도 울었다. 그러나 묵묵히 나의 꿈에 화답해 준 자식들이 고맙다.

맏아들

신부 나이 스물한 살. 신랑 나이 스물세 살, 신부 집 마당에서 동네 사람들의 축복을 받으면서 구식 결혼식을 올렸다. 신랑은 사흘 동안 신부 집에 머문 후 처가에 신부를 남겨두고 혼자 자기 집으로 돌아가는 결혼식이었다. 그 이듬해 가을에 신부는 신랑 집으로 신행을 갔다. 신랑 집에서는 신부를 맞아들이는 결혼식이 또 있었다. 결혼하고 1년 후인 스물두 살에 맏아들이 태어났다.

아이는 할아버지, 할머니의 극진한 사랑을 받으며 금이야 옥이야 자랐다. 첫아들을 낳아 키우면서 엄마가 되는 과정도 쉽지 않았다. 어린이로 커가니 교육에 대한 걱정이 앞섰다.

대가족 시집살이라 아들에게 한글 가르칠 시간이 없어 부엌에서 화목에 불 지필 때 아들을 불러 부엌 흙바닥에서 ㄱ, ㄴ 하면서 한글을 가르쳤다. 가을걷이 논에서 볏단을 나를 때도 간단한 덧셈을 가르쳤다. 아들은 여덟 살이 되어 고령 개진초등학교에 입학했다. 매달 성적표는 1등을 기록했다.

2학년 3월 말에 맏아들은 대구 신남초등학교로 전학했다. 4월 통지표를 받아 보니 35등이었다. 충격을 받은 아이가 밤잠을 안 자고 공부하더니 5월에는 5등이 되었다. 담임선생님으로부터 학교를 한번 방문해 달라는 전갈이 왔다. 학교에 갔더니 선생님이 학생이 착하고 공부를 잘한다고 칭찬하더니 교실에 어항을 하나 사달라고 요구했다. 나는 돈이 없어 못 사드린다고 했다. 가난에 찌들어서 못 사주고 돌아오는 길은 눈물이 고일만큼 슬펐다.

맏아들은 초등 6년 졸업에 다섯 번이나 전학을 했다. 보호자도 없이 아이 혼자서 이 학교 저 학교로 옮길 때마다 성적표를 보고 선생님들이 서로 자기반으로 데려가려 했다고 한다.

맏아들을 학교 보내놓고 6년 동안 엄마로서 한번도 아들 학교에 제대로 간 적이 없었다. 항상 대가족에, 시간에 쫓기는 삶이었다. 맏아들 초등 졸업식 때도 아무도 가지 못 했다. 결국 여러 가지 상을 받았지만 맡아줄 사람이 없어 담임선생님이 받아두었다가 아들에게 전해줬다 한다.

중학생이 되어도 사정은 달라지지 않았다. 어느 날 뜬금없이 부속중학교에서 맏아들의 장학금을 받아 가라는 연락을 받고 학교에 갔다. 아들이 2학년 몇 반인지를 몰라 복도에서 서성이는데 선생님을 만났다. 어떻게 누구를 찾아왔냐고 물었다. 아들 반을 몰라서 이름을 말하니 바로 아들 담임선생님이었다. 선생님은

"소를 남의 집에 맡겨도 1년에 한 번쯤은 찾아본다 하는데 학모님 자녀에게 너무 무신경 아닙니까. 어떻게 아들 학반도, 담임선생님 얼굴도 모르세요?"

하면서 학생은 반듯하고 공부도 잘한다고 칭찬했다.

"학모님, 아들 잘 키우세요. 담임으로서 특별히 부탁드립니다."

나는 연거푸 죄송합니다 인사하며 장학금을 받아왔다.

학교에 가서도 아들 얼굴 한번 못 보고 돌아왔다. 지체할 시간이 없었다. 오후에 아들이 하교하고 집에 와서 '엄마, 오늘 우리 학교에 왔느냐' 고 물어서 장학금을 받아왔다고 했다. 선생님이

"너 계모 밑에서 자라는 거지? 공부하기 힘들겠다."라고 하더라며 씩씩거렸나. 사치도 모르고 동동구리무 큰 통에서 크림 덜어 바르고, 머리는 외가닥으로 묶어 초라했는데 너무 젊어 보였던 모양이다.

대학은 서울이라 졸업할 때도 못 갔다. 대학원 졸업할 때야 우리 식구 모두 참석했다. 서울 연세대학교 캠퍼스는 대단했다. 나는 감격하여 기쁨의 눈물을 흘렸다. 여기까지 오는 동안 고생 많았다며 자신을 칭찬했다.

이팝나무 웨딩드레스

한적한 오후 앞산 자락 길을 올랐다. 연둣빛 짙어지는 산 아래 옹기종기 모여 있는 삼색 제비꽃들. 초록 줄기에 줄줄이 달려 있는 돌단풍 옆에는 이팝나무 꽃이 만발하였다. 오월의 산들바람에 아카시아 꽃향기까지 향기로웠다. 걷던 길을 멈추고 고개를 들어보니 파란 하늘에 새아씨 눈썹 같은 초승 낮달은 바람 따라 이팝나무 꽃에 숨었다 나왔다 하고 있었다. 오월의 새 신부 같았다. 언뜻 딸의 웨딩드레스 생각이 났다.

오월에 딸을 시집보낼 때 웨딩드레스를 내가 만들어 입혔다. 꼬박 일주일을 걸려 만드는 과정은 힘들었지만 행복했다. 한 땀 한 땀 정성을 기울여 레이스와 액세서리를 붙일 때는 손가락 끝이 아리고 아팠다. 완성품이 되어 딸에게 입혀보니 선녀가 따로 없었다. 딸은 아름다운 모습으로 26년을 함께했던 참사랑의 실체를 보이며 새 출발을 했다.

사위는 군인 장교였다. 결혼 승낙을 받으려 나를 찾아왔을 때 보니 외모도 괜찮았고 5형제의 막내였다. 허락은 했지만 돈이 없어 걱정을 했다. 총각은 2군 사령부 관사에 살면 되고 전자 제품 일체도 준비되어 있으며 아가씨만 데리고 가면 된다 했다. 결혼은 인륜지대사라 그렇게 쉬운 일이 아니라고 타일렀다.

약혼식 때 예물을 하는데 상점 주인에게 20만 원짜리 남자 시계를 보자 하니 사위가 밖으로 나갔다. 장모가 돈이 없다고 하시더니 저런 고급 시계(1988년 당시)를 사주시니 고맙고 감사해서 눈물이 나려해 밖에 나왔다고 딸한테 얘기했다 한다. 그렇게 어렵게 결혼하여 화목한 가정을 꾸려 손자, 손녀 낳아 재미있게 살고 있다.

웨딩드레스 생각을 하며 유심히 바라본 이팝나무는 5~6월에 새 가지에서 꽃이 피며, 꽃대에는 마디가 있다. 꽃받침은 네 장으로 깊게 갈라지며, 흰색의 꽃잎도 네 장이다. 두 개의 수술은 꽃잎의 통부분 안쪽에 붙어 있으며 씨방은 두 개의 방으로 이루어져 있다. 어린 가지의 잎겨드랑이에 총이 차례로 달린다. 향기 높은 흰빛 꽃은 파란 잎이 보이지 않을 정도로 전 수관을 덮어 영원한 사랑을 나타낸다.

웨딩드레스가 흰색인 이유는 자기가 선택한 남자의 색에 물들기 위해서라고 한다. 그 남자가 어떤 색이든 한 남자만을 위해 그 사람의 모든 것을 받아들이는 것. 그게 웨딩드레스의 속뜻이라 한다. 싸우고 화해하며 때로는 섭섭해도 인내 속에 한 세상 살아가야 한다는 뜻이다.

이팝나무의 새하얀 꽃송이는 오월의 남풍으로 꽃비를 내려주어 선으로 언밸런스하게 장식이 들어간 웨딩드레스와 같은 형상이다. 하얀 꽃잎이 바람에 흩날리는 듯 시선을 분산시키는 효과가 있어서 우아한 웨딩드레스를 연상케 한다. 그렇게 오월의 신부로 영원한 아름다움과 행복이 영위되기를 엄마는 소원하는 것이다.

막내아들

나 이제 노을 길 밟으며 홀로 걷다가 뒤돌아보니 인생길 굽이마다 그리움이 고여 있다. 외롭고 고달픈 인생길이지만 쓰라린 마음속에서도 산새는 울고 추운 겨울 눈밭에서도 동백꽃은 피었다. 나 슬픔 속에서도 살아갈 이유 있음은 내 안에 사랑이 있기 때문이다.

효자는 어미 배 속에서 나올 때부터 효자 노릇 한다는 선친들의 말씀이 있었다. 내 슬하에 자녀 삼 남매를 두었는데 첫째가 할아버지, 할머니가 금이야 옥이야 하며 키운 아들, 둘째가 딸, 막내가 아들이다. 태어날 때도 어미한테 고통을 주지 않고 태어났고 성장기에도 병치레 없이 건강하고 순했다. 부모가 자식 자랑하면 팔불출이라 했지만 나는 하고 싶다.

막내는 남편을 닮았다. 외모도 성격도 많이 닮았다. 시아버님이 병원에서 대수술을 두 번이나 받았을 때 중환자실 밤 근무는 남편의 몫이었다. 낮에는 직장에서 일하고 밤이면 침대를 잡고 아버지의 거동만 살피며 바라본다고 병원에서도 입소문이 났었다.

효자가 효자를 낳는다는 옛 속담도 있다. 막내는 그런 남편을 닮았는지 효자다. 학교 다닐 때 등록금이 모자란다고 하면 "형이랑 누나 먼저 주세요. 돈이 모자라면 엄마, 나는 뒤에 가져갈게." 했다. 자라면서 부모 마음을 불편하게 한 적이 한번도 없었다. 형, 누나보다 한발 물러서 있었다. 늘 양보했다. 나는 대가족 상차림을 하니 늘 찬이 부족하였다. 상차림 하고 나면 내 자녀 먹일 것은 김치와 된장뿐이었다. 형과 누나는 찬 투정을 해도 막내는 형, 누나 달래며 그만 먹자 했다.

나는 막내가 기특하여 결혼을 시켜도 내 곁에 살게 할 거라고 염두에 두었다. 말이 씨가 되었는지 막내는 결혼하여 우리 집과 서로 마주 보는 집에서 산다. 며느리도 효부다. 요즘 젊은이들 출산을 꺼리는데 아들 둘, 딸 하나 3남매를 두었다. 고마운 일이다. 며느리는 학원 선생이다. 3남매를 키우면서 시어머니인 나에게 한번도 아이를 맡긴 적이 없다.

어쩌다 막내아들 집에 가면 재미있어 보이고 화목하다. 손자들도 중, 고등학생들이라 쑥쑥 자란다. 책을 읽다 이해가 안 되면 어미, 아비가 가르쳐 준다.

요즘 나는 자서전 글쓰기로 장시간 컴퓨터 앞에 앉아 있다. 어깨가 뭉쳐서 많이 아프다. 파스를 붙이고 주먹으로 두드리곤 한다. 통증이 심하면 가까이에 사는 막내아들 집에 간다. 어깨 좀 만져 달라고 하면 아들은 책을 읽다 놓고 엄마 어깨를 시원하게 만져 준다. 중년이 되었지만 부모에게 한번도 짜증내는 모습을 본 적이 없다. 효자가 따로 있나. 부모 마음 편하게 해주는 자식이 효자지. 어미인 내가 화를 내도 아들은 조곤조곤 설명하며 화를 풀어준다. 손자들도 아비를 닮아 효를 베푼다. 그 아비에 그 자식이란 말을 새삼 느낀다.

막내아들은 감정이 격할 때는 한걸음 물러서서 치밀어 오르는 화는 일단 참아야 한다며 또한 '그럴 만한 사정이 있겠지.' 라고 생각하고 억지로라도 상대방의 입장이 되어보자고 한다. 행복은 남에게 나눠줌으로써 비워지는 것이 아니라 없는 것을 나눔으로써 채워지는 신비로운 것이다. 베푸는 만큼 행복의 양도 많아진다. 막내아들의 명언이다.

삶은 깨닫는 순간, 행복함을 안다. 내가 상상하는 것만큼 세상 사람들은 나에 대해 그렇게 관심이 없다는 것이다. 막내는 부유하지는 않으나 집안에 늘 웃음소리가 들린다. 손자, 손녀 어울려 가정의 화목이 이어지길 어미는 바란다.

손주들

코로나19로 집에 있는 시간이 늘어나면서 활동하는 공간이 축소되었다. 답답함을 넘어 심리적 불안을 느끼는 경우도 생겨났다. 코로나 팬데믹이 가져온 일상의 변화는 중국으로부터 시작하여 이제 전 세계가 그 손아귀에 사로잡히고 말았다. 코로나19 팬데믹으로 우리나라는 어언 두 달째 그 소용돌이에 빠져 있다. 말이 두 달이지 거의 2년이 된 것처럼 시간과 공간이 정지되었다. 과연 우리는 이 상황에서 빠져나갈 수 있을까? 그저 의료 차원이 아니라 사회적 격리라는 전무후무한 사태로 인하여 일상은 물론 사회, 경제, 기술 전반의 급격한 변화가 이어지고 있다

무엇보다 놀라운 건 코로나19로 인한 충격이다. 식욕은 사람들의 기본적인 욕망이다. 코로나19가 이런 식욕보다 앞섰다는 것이다. 그간 검색의 순위에서 항상 제일 앞장섰던 건 '먹는 것' 이었다. 그런

데 코로나19에 대한 공포가 이를 앞질렀다. 사람들은 무서워한다. 그리고 그 무서움은 우리의 생존과 직결된 이 문제에 대해 우리가 알 수 없다는 불가지론으로부터 비롯된 불안이다. 거기에 더해 치료약이 아직 없다는 불확실성이 사람들의 공포를 격화시키는 것이다.

인간의 삶은 먹을 것이 있어 즐겁고 그 즐거움을 만끽하면 코로나 바이러스도 범접하지 못할 것이다. 나는 손자, 손녀들과 단톡방을 만들었다. 얘들아, 잘 지내지? 할머니다. 네~. 한꺼번에 카톡 소리가 요란하다. 우리, 삼겹살 파티할까? 좋아요, 좋아요.

외손녀는 두바이 항공사에서 승무원으로 근무하고 있다. 마침 코로나19 팬데믹으로 한국에 와 있다. 기회는 이때다. 할머니가 쏜다. 어느 요일이 좋을까. 단톡방이 갑자기 소란해진다. 어느 요일은 손자가 안 되고 다른 날은 손녀가 안 된다. 그러자 막내 손자가 할머니 힘드시는데 식당으로 가자는 둥, 닭튀김을 배달시키자는 둥, 말이 꼬리에 꼬리를 문다. 보다 못해 내가 '정민이 누나가 코로나로 한국에 와서 할머니가 집밥 좀 해 주려고 한다' 고 했더니 조용해졌다.

서민들 보양식의 종류는 다양해졌지만 삼겹살은 지친 입맛과 스태미나를 돋우며 건강을 책임지는 대표적인 음식이다. 국내산 암퇘지와 미나리를 사용하여 육즙과 식감, 질리지 않는 조화로운 맛을 즐기면서 건강하고 영양가 높은 식사로 코로나19를 이겨내길 바라면서 준비를 했다.

큰 외손자는 경기도 공무원이라 코로나 때문에 대구에 가면 난리가 난다면서 못 온다고 문자가 들어왔다. 조심하라고 문자로 답을 주고 시장을 보러 갔다. 삼겹살 1킬로그램에 야채 푸짐하게, 과일도 가득 사서 손수레로 끌고 왔다. 토요일에 파티가 시작되었다. 어른, 아이 식구가 열네 명이다. 식구들이 얼마나 잘 먹는지 바라만 봐도 즐겁다.

맏손자는 대학 졸업반인데 작년에 공무원 시험에 합격하여 구청에서 근무하니 돈을 번다. 동생들에게 카드를 주면서 너희들 먹고 싶은 것 사 오라 한다. 중, 고생들이 우루루 몰려 나갔다. 이것저것 한 아름 사 안고 왔다. 내가 "형아 카드 다 쓰고 왔지?" 하니, 손자들은 "할머니, 아니에요. 조금만 샀어요." 한바탕 웃는다. 나 역시 기분이 좋아 잔을 들어 "화이팅!" 외치니 손주들도 와~ 와~, 시끌벅적하다.

새로 지은 작은 집

어젯밤 이리저리 뒤척이다 늦게 잠자리에 들어 날 새는 줄도 모르고 잤다. 창문에 스며드는 햇살에 눈을 뜨며 일어나서 거실 창문을 활짝 열었다. 모닝커피 한 잔 들고 소파에 앉아 창밖을 본다. 올여름 그렇게 초록이 짙던 은행나무는 낮과 밤도 모르고 처량하게 울어대던 매미소리를 뒤로하고 어느덧 가을빛을 받아 노란색으로 변해가고 있다.

올봄에 맏며느리가 장마가 오기 전에 얼른 집수리를 해야 한다고 재촉했다. 처음에는 사양했지만 성화에 못 이겨 수리하길 약속했다. 그리하여 4월 말에 살림살이를 이삿짐센터에 보관하고 장마가 오기 전에 노후된 집을 수리하기로 했다.

본격적인 집수리로 기와를 걷어내고 패널을 덮으려고 할 때였다. 지붕에 오른 사람이 서까래가 부러지면서 그만 밑으로 떨어지고 말았다. 모두들 놀라서 어디 다치지 않았느냐고 물으니 다행히 허리만 조금 뻐근하다며 몸을 돌려보았다. 그 사람은 괜찮다고 했지만 블록 담이 여기저기서 무너져 내렸다. 기와를 완전히 걷어내고 기존 담 안쪽에 벽돌로 이중 담을 쌓아 콘크리트 지붕을 만들려고 하는데 이번에는 누군가 구청에다 신고를 했는지 무허가로 판명이 났다. 정성 들여 쌓아 놓은 벽돌담을 부수고 덤프트럭으로 하루 종일 실어냈다. 나는 그만 좌절감에 눈물이 핑 돌아 털썩 땅바닥에 주저앉아 버렸다.

며칠 후 다시 일어나 구청에 가서 신축 건물 허가를 받으려고 서류 준비를 했다. 집터가 사다리꼴이라 설계할 때 내가 그림을 그려 아들이 설계사무소에 가져갔다. 설계사는 놀라운 표정으로 전문가인 우리도 이런 땅에 설계 잘 못하는데 하며 그대로 설계를 이어갔다. 집 짓는 일은 전문가에게 맡기려니 돈이 부족하여 임금이 좀 낮은 기술자를 채용했다.

올해는 오랜 가뭄으로 34~35도 불볕더위가 이어졌지만 나는 비지땀을 흘리며 직접 감독을 했다. 이중 벽돌담 사이에 50밀리미터 스티로폼을 넣고 지붕은 100밀리미터 콘크리트 슬래브로 했다. 실내 디자인과 싱크대 배치도 했다.

물론 잠시 몇 시간 자리를 비운 사이 현관을 높게 쌓아서 지금도 거실 바닥보다 신 벗어놓는 현관이 높아 신경이 쓰인다. 그런데 집들이 때 풍수를 본다는 한사람이 거실보다 현관이 높아서 돈이 들어오면 나가는 일 없고 이 작은 흉 때문에 집은 오히려 대운이라고 말했다. 꿈보다 해명이 좋다고 모두들 웃었다.

8미터 삼거리 소방도로를 낀 작은 집은 오고 가는 많은 행인들이 가던 걸음 멈추고 예쁘다며 입을 모았다. 어느 중년 부인은 이 집 팔면 자기가 사겠다고도 했다. 노부부는 조깅하고 오다 멈춰 집을 이모저모 바라보며, 이렇게 집 짓는데 돈이 얼마나 들었느냐고 묻기도 한다. 집 짓는 고생에 나의 앞머리가 엉성해졌지만 행인들의 칭찬에 고생한 보람이 있는 것 같았다.

커피 한 잔의 여유와 함께 소파에 앉아 내 힘으로 새로 지은 작은 집을 둘러보니 모든 것이 감사하다.

아버지 기일

더위가 한창 기승을 부리는 삼복 중에 친정아버지 기일이 있다. 매년 중복을 끼고 입추를 맞을 즈음 다가오는 기일은 얼마나 더운지. 이번 기일에도 6남매 대소가가 모여 손자, 손녀, 아버지, 증손까지 3대째 시끌벅적한 옛이야기가 오고 갔다. 다섯째 동생이 아버지는 형제 중에 큰누나를 가장 좋아하셨고 항상 누나 편이 되어 큰딸이 아들이 되었으면 하시던 아버지 말씀이 귓전에 맴돈다 했다.

아버지는 해방 후 내 나이 여섯 살에 일본에서 한국으로 건너와 외가댁이 있는 곳에 정착하여 농사를 지으셨다. 그때 한국은 너무 가난해서 배가 고팠다. 봄이면 산과 들에서 쑥을 캐고 나물을 뜯어 쌀알이 드문드문 보이는 나물죽을 어머니가 끓여 식구들 저녁 한 끼를 때웠다.

당시 가난이라는 말은 보릿고개를 넘지 못하고 누렇게 부황 뜬 얼굴로 자기 몸 하나 지탱하지 못하는, 절대적인 기아 상태에 내몰린 사람들을 떠올리게 했다. 그 시절 한국은 세계 최하의 극빈국이었다. 국민들은 대부분 농업으로 생계를 이어갔는데 벌거벗은 산, 매년 홍수가 할퀴고 간 수해로 논밭은 자갈과 모래로 덮인 땅이었다. 농민들은 대충 작업하여 시기별로 파종해서 수수나 조, 그리고 생명력이 강한 피마저도 농사를 지었다. 그래도 가난을 벗어나지 못했다. 요즘같이 비닐하우스도 없는데 그 와중에 아버지는 특수 농작물 생산으로 바꾸셨다.

낙동강을 기대고 있는 30마지기 고랑(폭)이 넓은 보리밭 중간에 참외를 이른 봄 파종하여 초여름에 조기 수확했다. 우리 집은 조금씩 개방경제로 성장했다. 온 식구가 매달려 참외 농사에 전념했다.

일꾼들이 따온 참외를 흠집 없이 깨끗하게 닦아 박스에 넣는 대대적인 작업을 하는 날이었다. 시작하기 전 아버지는 가위로 우리들 손톱을 깎아주셨다. 아침부터 구슬땀을 흘리며 긴 시간 작업을 했다. 오후에 청과상으로 싣고 갈 삼륜차가 밭머리에 섰다. 그럴 때면 나는 집으로 와서 아버지가 입고 가실 의복을 챙겨 드려야 했다. 저녁밥도 지어야 했다. 어머니는 농사일에 전념하시고 가사는 내가 도맡아 했다. 그 시절엔 어른, 아이 모두들 입성이 한복이었다. 하얀 새 모시옷은 아버지의 기품 있는 차림이었다. 뒷모습도 상큼했다.

낮 동안 타는 듯 작열하던 태양이 서산 넘어 숨어버리고 어둠이 깔리는 여름밤이면 모기와 하루살이가 기승을 부렸다. 그때쯤 청과상에서 돌아오신 아버지의 기분 좋은 모습을 보면 우리 참외가 청과상에서 최고 상품이었단 걸 짐작할 수 있었다.

아버지는 마당 한 귀퉁이에 베어놓은 쑥대 풀로 모깃불을 피워놓고 멍석을 깔아놓으셨다. 온 가족이 모여 앉아 오순도순 정을 나누는 정겨운 소리는 까만 하늘을 갈랐다. 자상하신 아버지는 우물에 담가놓은 수박 속살을 파서 함지박에 찬 우물물과 당(사카린)을 섞었다. 그날의 수박화채는 달콤한 맛과 함께 알싸한 향수로 남아 있다.

지금도 아버지의 정이 그립다. 온 집안에 매캐한 연기가 골고루 퍼질 때 즈음에는 쑥 냄새가 한층 더 짙어지고 수풀 기슭으로 반딧불이 반짝이며 짝을 지어 날아다녔다. 시골 마을의 평화로운 여름밤은 아마 우리 민족 전체의 영원한 향수라 해도 좋을 것이다.

고향의 여름밤, 추억 속에 묻혀버린 집이다. 아버지, 어머니의 큰 사랑 되뇌며 술 한 잔 따라 놓고 큰절 올린다.

생일상

큰아들과 며느리가 결혼한 지 1년이 되어갈 무렵이었다. 둘 다 직장 생활을 하는 아이들이었다. 며느리는 지방에서 교사로 있어 주말 부부였다. 늘 바쁘게 지내고 있으리라는 생각에 항상 안쓰러운 마음이 들었다. 그러던 어느날 시집와서 처음 맞는 내 생일을 집에서 손수 차려준다고 집으로 왔다. 주말에 쉬지도 못하고 고된 몸으로 차려준 감동적인 생일상이었다.

"세상에~!"

준비도 많이 해 왔다. 살림도 익숙하지 않은 며느리가 혼자 한다며 재바르게 움직였다.

"어머님 제가 다 할게요, 가만히 계세요."

바라만 보고 있으니 준비하는 모습이 안쓰러워 내가 이것저것 거들었다. 내 눈에는 아직 아기 같은데 상차림 준비로 얼마나 고민하면서 준비했을까 생각하니 가슴이 뭉클해졌다. 서툰 솜씨지만 미역국도 끓이고 여러 가지로 가득하게 한상 차림을 했다. 저녁에 온 가족이 모여들었다. 생일상은 그득했다. 케이크에 초를 꽂았다. 가족들이 축하의 노래를 불렀다.

이렇게 귀한 아이가 내 며느리가 된 것도 감사한데 생일상까지 받으니 감동은 배가 되었다. 케이크를 자르고 생일 밥을 먹으면서 나도 이런 날이 있나 했다. 그때까지 30년 동안 생일 없이 살아온 나였다. 층층시하에 고개 숙인 삶이었다. 여염 집 여자들은 나처럼 생일이 없었다. 며느리를 보고 나서 나도 생일이 생겼다고 친구들에게 자랑도 했다. 그래서 그 후에 시어머니인 나도 며느리의 생일을 챙겨 줬다. 미역국과 찰밥을 해서 넉넉하게 담아 교직원들과 나누어 먹으라고 도시락을 준비해서 보냈다.

대소가가 번잡한 우리 집에 맏며느리로 시집와서 남매를 두고 열심히 사는 모습을 보면 대견하고 감사했다. 집안 어른들 생신까지 챙기고 제 몫을 다하여 종부의 자리매김을 했다. 설, 추석 명절에도 50~60차례 손님치레로 하루 종일 술상을 들고 있었다. 그래도 군말 없이 했다. 시숙모들과 같이 늘 웃으며 배우면서 했다. 어느 한 해는 작은집 질부가 시집와서 처음 큰집에 들였는데 많은 손님치레에 못 견뎌 도망가 버린 적이 있었다. 반면 우리 집 며느리는 묵묵히 가풍을 따른다. 숙모들은 큰집 질부 장하다며 칭찬이 자자했다. 대소가에서도 우리 집 맏며느리가 최고라고 칭찬을 받았다. 그런 며느리가 손수 차려준 생일상을 받으며 감개무량했던 것이다.

어느덧 세월이 흘러 손자가 성인이 되어 공무원 직장을 가졌고 손

녀는 대학교 졸업반이다. 한 가정의 어미로서 허씨 문중에 후손을
이으며 행복한 가정을 꾸려가는 아들 부부가 고맙다.

눈썰미

눈썰미가 있는 편이다. 어렸을 때부터 눈썰미가 좋다는 말을 많이 들었다. 6.25 당시 초등학교에서는 아이들이 주로 한복을 입었다. 나는 일본에서 태어나 여섯 살에 한국에 왔으니 간단후크라고 하는 원피스를 입었다. 엄마 역시 한복 바느질을 잘 못했다. 친구들이 까만 치마에 노랑 반 화장 저고리를 입고 있는 것을 보고 나는 언제 저런 한복을 입어보나 싶었다. 마침 엄마가 비단 천 장사를 해서 자투리 천이 좀 있었다. 나는 눈썰미로 저고리를 만들어 보았다. 엄마가 놀라며 저고리 깃 사이에 꼬리가 없다며 일러주셨다. 내 나이 열두 살 때의 일이었다.

그 후로도 비단 자투리 천으로 이것저것 내 옷은 내가 만들어 입었다. 바느질 에 필요한 자, 가위, 바늘, 실, 골무, 인두, 다리미 등은 바늘당세기(반짇고리)에 담아 보관했다. 자와 가위는 각각 길이를 재고 옷감을 자르는 역할을 했다. 바늘과 실로는 여기저기를 꿰매는데 이때 골무는 손가락을 보호했다. 꿰맨 천을 제자리에 단단히 고정하고, 불에 달군 인두로 반듯하게 다려주면 옷은 완성되었다. 이때 도구들은 서로 자신들의 능력이 더 뛰어나다며 갑론을박을 펼치기도 했다. 나는 각각의 도구들을 쓰다듬고 칭찬하며 바늘당세기에 곱게 보관했다. 스스로의 눈썰미에 만족하는 순간이었다.

열다섯 살 무렵부터는 아버지의 옷을 만들기 시작했다. 바지저고리에 양단 조끼, 두루마기까지 손수 만들어서 나들이하실 때 입혀드렸다. 사람들이 그 옷은 누가 만들었냐고 물으면 아버지는 딸이 만들었다고 자랑하셨다. 딸이 몇 살이냐고 물어 열다섯 살이라 하면 사람들이 입에 침이 마르도록 칭찬을 하며 솔기마다 지세히 살펴보았다고도 했다.

시집가서도 남녀 어른, 아이들까지 내 손으로 한복을 만들어 입혔다. 시동생들에게는 바지와 점퍼를 만들어 주기도 했고, 시누이들에게는 서링 치마와 블라우스를 만들어 주기도 했다. 첫아이 배냇저고리도 내가 만들었다.

아이들이 자라니 교육비 때문에 돈이 턱없이 모자랐다. 그래서 한편으로는 신랑을 따라 도시로 나오게 된 것이 기회이기도 했다. 나는 친정아버지에게 돈을 빌려 양재학원을 다녔다. 양재 기술을 제대로 배워 의상실도 차렸다. 성취감도 있고 수입도 짭짤했다. 아이들 학비에 필요한 소소한 경비는 내가 다 줄 수 있었다. 딸 웨딩드레스도 내가 만들어 입히고 스님의 장삼도 만들어 드렸다. 집안 어른들 수의까지 손을 대고 보니 남편의 수의까지 만들게 될 줄이야!

장례 기간 동안 나는 눈 한번 안 붙이고 수의 제작에 몰두했다. 수의를 만드는 과정은 상상을 초월하는 고행이었다. 손가락마다 피가 맺히고 바늘 자국이 아려 왔다. 제관들의 굴건제복도 내가 다 만들어 입혔다. 열두 살 어린 나이에 눈썰미만 믿고 시작한 바느질로 남편의 수의까지 만들게 될 줄 누가 알았겠는가.

세월이 흘러 나도 이제 편안한 몸이 되었다. 자식들도 자라 손주도 여럿 보았고, 늘그막을 수필쓰기에 발을 들여놓았다. 그런데 아직도 시장에 가면 원단가게를 지나치지 못한다. 한번은 보라색 텍스처 원단을 보는 순간 수필을 가르치는 소진 선생님이 생각났다. 보아둔 디자인이 있어 그림을 그리고 바로 재단을 했다. 눈썰미만 믿고 만든 옷이라 선생님 마음에 들까 걱정이 되기도 했다.

세상에나! 옷은 꼭 맞았다. 거울 앞에 선 선생님은 연방 패션쇼를 해 보이면서 너무 마음에 든다고 좋아했다. 선생님은 내가 만든 보라색 원피스를 행사장에 갈 때마다 애용했다. 서울에서 서정주 문학상을 받을 때도 입었고, 저자와의 만남 행사 때도 입고 나갔다. 보는 이마다 예쁘다고 하여 기분이 좋았다. 그럴 때마다 선생님은 제자 선생이 만들어 준 옷이라고 자랑을 했다. 어깨가 으쓱해지면서도 한편으로는 의문이 생겼다.

옷 만들기는 눈썰미가 좋아 웨딩드레스도 만들고 스님 장삼도 만들고 남편 수의까지도 만드는데 수필은 왜 그렇게 잘 안 될까? 옷은 내가 재단하는 대로 고분고분 잘 만들어지는데 글은 왜 머리 따로 마음 따로 균형을 못 이룰까? 내 마음을 읽은 선생님이 어깨를 툭 친다.

"혼자서 북 치고 장구 치시려고요?
잘 하는 것 하나씩만 합시다!"

도전하는 삶

꿈을 바라보는 나는 장거리를 뛰는 마라톤 선수처럼 멀리 내다보며 매일매일 열심히 공부했다. 황혼의 공부라 남들 눈에 어떻게 보였든 나는 내 식대로 최선을 다했다. 내가 가진 조건과 환경에서 남은 인생도 나는 최선을 다할 것이다. 이제 나의 꿈은 가까이 오고 있다. 꿈을 잡는 그날이 오고 있다.

나의 꿈

인간은 모두 꿈을 가지고 살아간다. 우리는 종종 토끼와 거북이 이야기를 예로 든다. 꿈이 있는 거북이는 지치지 않는다. 나는 오직 공부의 꿈을 향해 내 능력 안에서 쉬지 않고 뚜벅뚜벅 걸어갔다.

첫 번째 관문인 검정고시에 응시하려고 학원을 방문했다. 접수받는 직원이 내 나이를 묻더니 받을 수 없다 했다. 나는 사정했다. 겨우 허락을 받아 기대 반 걱정 반으로 시작했는데 고령이다 보니 눈도 침침하고 말귀도 잘 못 알아들었다. 3.5도 돋보기를 끼고 강사의 설명을 들었다. 돌아서면 잊어버려 주먹으로 머리를 치며 반복해서 공부했다. 학원 수업을 마치고 집에서 컴퓨터로 동영상을 반복해서 들을 수 있어 좋았다. 1회 수업은 40분에서 한 시간 정도 하는데 나는 많게는 하루 7~8회씩 들었다. 첫새벽에 일어나서 듣고, 밥 먹고 나서 또 듣고, 그렇게 틈만 나면 수업을 반복해서 들었다.

1950년대 한국은 세계 최하 빈국으로 가난에 찌들었던 시대였다. 빈가에서 태어나 초등학교 5학년 1학기에 학교를 그만두게 되었다. 한이 되었던 공부를 육십수 년 만에 다시 시작하니 두려움 반, 즐거움 반이었다. 수학은 초, 중 과정까지만 해도 즐거웠으나 고교 과정은 도저히 따라가기 어려워서 포기하려다 거기까지 온 것만도 아까워 다시 마음을 다잡았다. 폭풍우를 헤치고 나가다 보면 언젠가는 낮은 언덕이나마 보일 것이라 생각했다. 꿈이란 것이 어찌 쉽게 이루어지겠는가. 꾀부리지 않고 가다 보면 목표를 이룰 것이라 믿으며 책을 손에서 놓지 않았다. 나의 장기라면 치열한 집념과 인내심이었다.

지난날 내가 가난한 집안에 태어난 것은 우연일 것이다. 그러나 뉴턴이 만유인력의 법칙을 발견한 것도 우연이었을까? 사과나무 아래 누워 있다가 사과가 떨어지기를 기다렸다면 만유인력이 나왔을까? 나는 시간과 노력을 투자하여 공부에 전념했다. 자신을 믿고, 공부에 열정을 품는 게 더욱 중요하다 생각했다.

나는 공부를 마라톤으로 생각했다. 공부라는 마라톤을 잘하기 위해서는 계획 및 학습 준비물, 자신에게 맞는 전략을 세우는 것이 중요했다. 다행히도 강한 체력은 좋은 길잡이가 되어주었다.

꿈을 바라보는 나는 장거리를 뛰는 마라톤 선수처럼 멀리 내다보며 매일매일 열심히 공부했다. 황혼의 공부라 남들 눈에 어떻게 보였든 나는 내 식대로 최선을 다했다. 내가 가진 조건과 환경에서 남은 인생도 나는 최선을 다할 것이다. 이제 나의 꿈은 가까이 오고 있다. 꿈을 잡는 그날이 오고 있다.

검정고시 도전

사람은 누구나 어떤 분야에서건 성공하기를 희망한다. 성공한 사람과 실패한 사람들 간에는 분명한 차이가 있다. 성공한 사람들은 도전할 목표가 있지만 실패한 사람들은 대부분 변화를 싫어하고 현실에 안주하는 경향이 있다.

만나는 사람마다 삶에 대해 이야기를 나누다 보면 한 가지 이상 우환이 있기 마련이다. 그러나 인간은 태어나면서부터 우환과 불행에 맞서는 강한 유전자를 가지고 태어났다.

1950년대 한국은 세계 최하 빈국이었다. 가난에 찌들었던 시대, 나는 빈가에 태어나서 끼니도 힘든 어린 시절을 보냈다. 초등학교 5학년에서 중퇴했다. 항상 내 마음속에는 공부가 한이 되어 있었다. 기회만 오기를 기다리고 있었다. 길은 보였다. 검정고시에 응시하는 곳을 찾았다. 검정고시는 나처럼 개인 사정으로 인해 학업을 포기한 사람들에게 국가가 공부할 수 있는 기회를 주는 제도였다.

나는 73세에 초졸 자격증을 받기 위해 검정고시 학원을 찾았다. 학원 측은 상담 중에 나이를 물어보더니 규정상 학생으로 받을 수 없다 하였다. 나는 사정, 사정을 해서 학원에 등록을 했다. 기대 반, 걱정 반으로 시작했는데 공부가 쉽지 않았다. 고령이다 보니 말귀도 어두운 데다 눈도 침침했다. 그래도 틈만 나면 녹음한 것을 반복해서 들었다.

늘 그래왔다. 목적을 이루기 위해서 최선의 길로 묵묵히 가는 과정은 순탄스럽지 않았다. 그러나 나는 열성을 다했다. 65년 만에 공부를 시작하니 두려움 반, 즐거움 반이었다. 수학은 초, 중 과정은 즐거웠으니, 고교 과정은 도저히 따라가기 어려웠다. 백번도 더 포기하고 싶었지만 이곳을 찾기 위에 얼마나 헤매었나 생각하고 정신을 가다듬었다.

드디어 시험 날이 왔다. 나는 떨리는 마음으로 고사장에 갔다. 초등은 바로 합격을 했다. 교육청에서 주는 합격증을 최고령자로 받았다. 중졸 합격증도 74세에 최고령자로 받았다.

고졸의 꿈을 가지고 도전하는 공부는 더욱 힘들었다. 강사의 설명은 돌아서면 까먹으니 메모를 했다가 반복을 거듭했다. 학원 원장님과 선생님들은 공부하는 방법과 기출문제를 짚어주셨다. 손에서 책을 놓지 않다 보니 기본적인 지식과 습득해야 할 문항들이 대충은 파악되었다. 막바지에는 도서관에서 예닐곱 시간 동안 자리에 앉아 기출문제에 몰두했다.

대망의 시험일이 다가와 시험 장소로 출발을 했다. 들뜨기도 했고 걱정도 많이 되었다. 혹시나 공부한 내용이 시험에 나오지 않으면 어쩌나? 과목별 합격으로 이번이 마지막 세 번째라는 걱정도 들어 잠시 마음을 모아 합격의 기도도 했다. 그런데 막상 시험지를 받으니 그런대로 공부한 것이 눈에 들어왔다. 그래도 실수나 오타로 잘못될까 봐 꼼꼼히 확인했다.

합격증 발표 하루 전날 전화벨이 울려 받으니 교육청이었다. '최고령자 합격입니다.' 하는 소식에 대책 없이 두 눈에서 뜨거운 눈물이 흘러내렸다. 고등 교육 분야는 76세의 내가 대구, 경북에서 최고령 합격자라 했다.

2015년 5월 12일 대구교육청 검정고시 합격증 수여식 날 교육감님은 최고령에 공부하시느라 수고 많이 하셨다고 격려하시며 대학에도 꼭 진학하라고 하셨다.

"네. 감사합니다."

방송국에서도 76세 할머니의 고졸 합격 축하 인터뷰를 했다. 3일 동안 뉴스 시간에 방영되었다. 여러 곳에서 축하의 메시지가 끝없이 이어졌다. 합격이란 두 글자가 나에게 인생의 전환점이 된 것 같았다. 학원 앞에도, 골목길에도 현수막이 걸렸다. 내 삶에 한이 되었던 고졸 합격증이었다. 남편도, 자녀들도, 손자, 손녀까지도 공부하느라 고생 많으셨다고 할머니에게 '파이팅~' 을 외쳤다.

그러나 나는 거기서 멈추지 않았다. 대학 문을 두드리기 시작했다.

대학을 졸업하다

대학 입학은 아직도 나를 설레게 한다. 기대에 부푼 가슴을 안고 아침 일찍 집을 나서는 발걸음은 그렇게 가벼울 수가 없었다. 실감 나지 않는 입학식 장면을 상상의 나래 속에 펼치면서 전철에 몸을 싣고 수많은 사람들 속에서 부대끼며 잰걸음으로 학교 캠퍼스에 도착했다.

입학식에 참석하기 위해 학생들은 여러 지방에서 몰려들었다. 신입생들은 병행반 만학도들이었다. 나이는 20대부터 70대까지. 할머니, 손자뻘이지만 거기서는 모두 2017년 입학 17학번이다.

통합관 대강당으로 재학생과 신입생 등 많은 학생들이 모였다. 입학식 및 오리엔테이션에서 총장님의 신입생 환영 인사 말씀이 있었다.

한자리에 모인 신입생들은 밝은 얼굴로 미소 지었다. 나는 가슴이 벅차올라 눈시울이 뜨거워졌다. 금방 들어도 잊어버리고 기억력도 희미해지는 나이에 어떻게 공부를 할 수 있을까 하는 생각에 망설임도 적지 않았고, 자신감도 없었다.

배움의 자리에는 다양한 연령층의 만학도들이 모여들었다. 나 역시 가난으로 공부하지 못한 서러움을 평생 후회하면서 이대로 있기엔 자신에게 너무 미안했고, 두 번 다시 주어지지 않는 삶이라는 생각에 이제라도 기회를 부여잡아야겠다고 생각했다. 팔십을 바라보는 시점에서 배움에 한 맺힌 나의 공부, 대학교에 다닐 수 있는 기회가 열린 것이었다. 만학도들을 위한 병행반이 있어 나에게는 맞춤 공부가 되었다.

첫 수업 시간에는 자기소개를 했다. 내 차례가 왔다. 나이를 밝히고 검정고시 합격으로 대학교에 오게 되었다고 하니 교수님이 깜짝 놀랐다. 어머니보다 연세가 많으시다 했다. 나이 많은 것이 죄가 되어 "죄송합니다. 열심히 하겠습니다."로 대답했다. 수업 시간에 이해가 안 되는 교수님의 말씀은 젊은 짝꿍의 도움을 받았다. 서술하는 시간에는 글쓰기 속도가 느려 옆에 짝꿍이 대신 받아 적어줬다. 교수님들은 계단을 오르내리면서 나를 보고 "건강 조심해야 합니다." 격려의 말씀을 하셨다. 나이 많은 덕으로 사랑받는 학교 생활이 좋았다. 대학이라는 곳이 싱그럽고 풋풋했다.

어느 시인의 말처럼 이 세상 소풍 끝내고 돌아가는 날 배움에 대한 여한으로 후회 없도록 최선을 다해 공부했다. 늦게나마 배움의 길을 택했던 나 자신에게 '잘했다. 열심히 해라. 많은 어려움은 있겠지만 최선을 다해 가다 보면 목적지에 무사히 도착할 수 있을 것이다.' 채찍질했다.

그리고 시간이 흘러 어언 졸업식 날이 다가왔다. 시작은 하였으나 학업의 끝이 있는 길은 어디쯤일까 불안해 하곤 했다. 배움의 갈증으로 마음 졸이던 세월이 흘러 어느덧 졸업식을 맞이하게 된 것이었다. 나는 한복을 차려 입고 학사모를 쓰고 양손에 꽃을 들었다. 기념사진 촬영도 했다. 동기들과 삼삼오오 모여 단체 사진을 찍었다. 꿈같은 순간이었다. 축하객으로 참석한 자식들과 손자, 손녀들이 준 축하의 꽃다발도 한 아름 안고 사진을 찍었다. 손자, 손녀들의 '할머니, 대학 졸업 축하드려요' 환영의 인사도 받았다.

수필 교실의 주강 선생님과 회원들로부터도 축화 바구니를 받았다. 복지관 선생님들과도 사진을 촬영했다. 입학이 엊그제 같았는데 어느새 축하의 졸업식으로 나는 꿈을 이루었다. 황혼의 나이에 나는 축하객들을 위해 예약된 식당으로 출발했다.

세월은 휘익~!

휘익~! KTX보다 빠르게 한 해가 지나간다. 지천명 마지막 고개에서 세월이 화살 같다는 말이 새삼 피부에 와 닿는다. 인생의 내리막길이라 그런지 1년이 후딱 간다. 세상에서 가장 빠른 새는 '눈 깜박할 새'라는 유머가 있듯이 정말 세월은 눈 깜박할 새 지나간다.

새해 1월, 달력 한 장도 뜯겨 나가고 2월을 맞이했다. 한 살 더 먹는다는 것은 부담스럽고 슬픈 일이다. 그리움 저편에서 불어오는 스산한 바람 같은 것. 애잔한 바람소리가 문풍지를 울리면 가슴이 덜컥 내려앉는다.

대학에서 사회복지 현장 실습으로 주간보호센터 봉사를 갔다. 현장에는 남녀 고령 노인 스물다섯 분이 계셨다. 요양보호사들과 어울려 어른들을 수발했다. 연세가 있으신 한 분은 내 손을 잡고 놓아주

질 않았다. “네가 언제 왔는지 나는 몰랐다.”라는 말을 여러 번 반복하셨다. “할머니, 이 손 놓고 폰으로 할머니 두 분과 나, 셋이 사진 찍읍시다.” 그제야 손을 놓았다. 촬영한 사진을 보여 드리니 자기 모습을 몰랐다. “이게 뉘고?” 옆 노인에게 물었다.

인생이 이렇게 허무한 거라는 상념에 마음이 무거웠다. 점심시간이 되어 식탁에 앉아 음식물을 흘릴까 봐 앞치마를 둘렀다. 식사 배치가 되었다. 영 기력이 없는 노인들에게는 밥숟을 떠먹여 주며 화장지로 입도 닦아드려야 했다.

고령의 하루를 마지막인 양 살아가야 하는 우리네 인생. 달팽이 뿔같이 좁은 세상, 다투어서 무엇하랴. 부싯돌 불같이 짧은 게 우리네 인생인데. 부유한 내로, 가난한 대로 기쁘게 즐겁게 살면 될 것을. 그러나 우리의 육체는 나이가 들수록 노화가 진행된다. 정비석 작가는 『산정무한』에서 “고작 인생 칠십 생애를 희로애락으로 살다가 한 움큼의 부토로 돌아갈 인생”이라며 인간의 수명은 길어야 70~80세라고 했다.

철학자, 심리학자, 교육학자, 작가에 따라 다르기는 했지만 지금은 백세 시대로 바라본다. 우리의 몸과 마음을 합하여 영육이라고 한다. 영혼과 육체 중 우리가 하나라고 생각하는 육신은 마음에 따라 움직이기에 맑고, 깨끗한 영혼의 유지가 중요하다. 눈이 안 보이고 귀가 멀어지니 소리가 들리지 않고 말과 걸음걸이가 어눌해져 가지만 나는 정말 멋지게 늙고 싶다. 육체는 늙었지만 정신적으로는 나름 건강하고 행복하다.

늦은 나이에 대학생으로 살며 새로운 것에 대한 호기심과 열정을 가지고 끊임없이 탐구하며 열정의 삶을 추구해 왔다. 이제 나는 해저문 노을을 미소로 품고 남은 인생을 넉넉하고 환한 미소로 맞으려 한다. 두 눈을 감아야 하는 이별의 순간이 오면 미련 없이 휘~익 떠나가리라.

사진과 여행

이른 새벽 뿌연 안개 속을 가로질러 중앙고속도로를 달렸다. 충북 단양휴게소 뒷산 단양 정석 비문을 관람하고 남한강 도담삼봉에 도착했다. 다행히 안개가 걷혀 구름 한 점 없는 하늘은 높고 푸르렀다. 산 아래 맑고 푸른 물은 유유히 흘렀다.

11월 사진 전시회가 있어 '인포토 동아리'의 사진 촬영이 시작되었다. 남한강 한가운데 도담삼봉은 맑은 물에 비춰진 반영이 일품이다. 조선의 개국공신 정도전은 도담삼봉과 이웃한 지금 단양읍 도전리에서 태어났고 도담삼봉에서 아호를 따서 삼봉이라 하였다 한다. 전설에 의하면 삼봉은 원래 강원도 정선군의 삼봉산이 홍수 때 떠내려온 바위산이라 했다. 그래서 매년 정선에 세금을 내고 있었는데 소년 정도전이 '우리가 삼봉을 정선에서 떠내려오라 한 것도 아니요, 오히려 물길을 막아 피해를 보고 있으니 도로 가져가라' 고 주장하여 세금을 내지 않게 되었다고 한다. 강 한가운데 높이 6미터의 늠름한 장군봉(남편봉)을 중심으로 왼쪽에는 교태를 머금은 첩봉(딸봉)과 오른쪽에는 얌전하게 돌아앉은 처봉(아들봉)이 있었다. 일행은 도담삼봉의 절경을 뒤로하고 안동 농암 종택이 있는 가송리로 갔다.

가송리는 협곡에 잠긴 강호의 참뜻이라 불린다. 태백 황지에서 실핏줄처럼 시작한 낙동강은 개울을 이루고 계곡을 거쳐 700리를 굽이굽이 흘러가는 동안 숱한 풍경을 만들어 놓았다. 여러 곳 중 가장 뛰어난 풍경으로 치는 곳이 봉화 청량산 자락에서 안동 도산서원 앞마당까지다. 그 가운데서도 빼어난 경치로 영남의 소금강이라고 불리는 곳이 바로 가송리라 했다.

농암 이현보 선생 종택 앞 200미터나 되는 넓은 강을 우리 일행은 바지를 동동 걷어 올리고 신발을 신은 채 무릎까지 닿는 맑은 물을 가로지르면서 건넜다. 물살이 깊게 흐르니 어린 시절 시골에서 많은 비로 불어난 도랑을 건너던 생각이 났다. 농암이 말하는 인생과 자연과 삶에 대한 성찰이 무심히 지나온 세월을 돌아보게 했다.

물 건너 산허리 언덕에 올라서니 생각지도 못했던 4만 5천 평에 펼쳐진 메밀 꽃밭이 보는 이들의 눈과 마음을 사로잡았다. 와~아! 이효석의 표현만큼이나 아름다운 메밀꽃 단지가 사람들의 발길이 닿기 어려운 도산면 가송리 맹개마을에 소금을 뿌려 놓은 듯 환상적인 풍경을 연출하고 있었다. 이 깊은 곳에 숨은 비경이 있을 줄은 몰랐다.

서울에서 온 TV조선 몇몇 카메라 감독들이 우리들 옆에 삼발을 펴서 카메라를 고정시키고 촬영을 시작했다. 나도 서투른 솜씨지만 어울려서 이모저모 여러 곳을 찍었다. 사진에 혼이 빠져 시간 가는 줄도 모르고 연속 셔터를 눌렀다. 중식은 오후 네 시에 안동댐 아래 까치구멍 집에서 헛제삿밥을 먹었다. 후식으로 마신 커피 한 잔은 몰려든 피로를 쫓아주었다. 돌아오는 길, 차창에서 해넘이를 바라보며 하루를 생각했다. 역사 유적지로의 여행과 사진 촬영은 소중한 황혼의 추억으로 남을 것이다.

빛과 그림자

역광 사진을 찍었다. 문득 빛과 그림자라는 말이 떠올랐고 계속해서 곱씹었다. 처음에는 빛과 어둠을 먼저 떠올렸다. 이 어둠이라는 단어는 주체적이고 독립적이다. 어둠은 빛이 없는 상대적인 상태에 불과하기 때문에 주체성을 갖는 이름을 붙여주면 스스로 생명력을 갖게 된다. 그러나 그림자는 빛과 공존하는 현상이기 때문에 받아들이기에 더 좋다.

우리는 자연이 별다른 변화 없이 늘 그 자리에 있는 듯 느낀다. 자연은 때로 우리의 상처를 위로하고 치유하지만 어떤 때에는 생존을 위협할 정도로 폭력적인데도 우리는 자연을 고정된 근본, 상수처럼 바라본다. 자연 안에 우리가 이해하지 못한 불가사의함, 무궁무진한 신비, 새로운 변화가 가득 차 있음을 놓치면서 말이다. 비유하자면 자연 연작은 제목이 암시하는 바와 같이 사람들에게 쉽게 공유되는 자연의 그런 한 모습을 빼닮은 작품이다.

바라보는 자연의 본질은 어우러짐과 따뜻함, 안정감과 평화, 그리고 경계가 허물어져 막힘없는 세상이다. 물론 이것은 자연의 한 면만을 본다는 점에서 한편으로는 왜곡된 것이지만, 그것이 우리가 희구하는 자연의 이상이기에 공감할 수밖에 없는 왜곡이라고 할 것이다. 그 따뜻하고 평화를 주는 자연 세계의 가장 본질적이고 순수한 요소, 즉 정수를 빛과 색이라고 생각하는 것이다. 그 자연의 소재들은 순수한 빛과 색, 그 자체로 환원되어 있다.

시각적 아름다움은 처음과 끝이라 할 빛과 색의 원형으로 다가가면서 우리의 마음을 맑게 하고 눈을 편하게 하므로 결국 우리의 아픔과 고통이 치유된다고 믿게 한다. 자연은 휴식과 평화, 풍요를 주고 있다. 삶에 지친 대중들이 자연으로부터 바라는 빛과 그림자는 아무튼 자연일 때라야 빛이 난다. 이왕이면 사람과 어울려 살 수 있다면 금상첨화 아닌가.

독창적인 세계를 열어보였다는 점에서 말로 표현하기 힘들 정도의 자연이 주는 빛과 환하고 따스한 느낌을 주는 도시 불빛의 아름다움에 감탄이 저절로 나오는데 마음마저 따뜻하고 훈훈하게 물들어가는 것 같다.

빛을 회화 속으로 끌어들여 때로는 공기와 호흡하는 빛으로 또 때로는 자연 속에 뿌리 내린 빛으로 자리하게 했다. 가끔은 바람을 머금은 빛이 되기도 하고, 기억의 단면이 투영된 빛으로도 우리 곁에 다가선다. 이처럼 자연 속 빛은 사실주의적 경향과 추상성이 엇갈리듯 교차되며 오랜 시간 그의 화력과 자리를 나란히 해왔다.

나는 내면적 희구의 투영에 역광을 통해 다시 한번 실체를 이해하려는 발상의 전환과 전이를 의식적으로 받아들여 감각으로 탈바꿈시킨다. 빛은 드러냄을 가리키지만 그림자는 빛을 따라다닌다. 서로의 실체를 감싸 안으면서 빛과 그림자를 보여준다.

우포늪 출사

이른 새벽, 사진 전시회가 있어 동아리원들이 선생님을 모시고 일출과 물안개를 찍으려고 우포늪에 도착했다. 늪은 아직도 캄캄했다. 시야는 보이지 않고 앞서가는 차량과 사람들만 보였다. 촬영하는 곳에는 사진작가들의 삼각대가 줄을 잇고 있었다.

물안개 촬영은 틀린 날씨였다. 멋진 여명이라도 볼 수 있을까 기대하고 삼각대를 세우고 기다려 보았지만 여명도 볼 수 없었다. 어느 순간 뜬금없이 구름 사이로 햇빛이 잠깐 나타나 인사하고 사라지는 우포늪. 조금 서운한 마음에 여기저기를 살피며 다니다가 우포 지킴이 어부가 눈에 들어온 순간 너무나도 반가웠다. 가까이 다가가 담으려고 장비를 들고 달렸지만 어부는 사라지고 말았다. 제대로 담긴 사진도 없고 다리만 아팠다. 그래도 어부를 만난 것은 다행이었다.

날이 조금씩 밝아와 구름 사이로 붉은 빛을 바라보는데 저 멀리 어부가 나타났다. 가까이 다가와 주길 바라지만 나타났다가는 바로 돌아가 버린다. 망원이 없으니 당길 수도 없고 애만 태웠다. 나중에 알고 보니 다른 일행이 연출을 요청해서 그곳에서 움직였다 한다.

우포늪의 정식 명칭은 '창녕 우포늪 천연 보호 구역'이며 람사르 습지다. 국제 보존 습지로 천연기념물 제524호라 한다. 홍수로 낙동강이 범람할 때 역류해서 들어온 물이 자연 제방에 막혀 나가지 못하고 고이면서 늪이 생겼다. 우포, 목포, 사지포, 쪽지벌 네 개의 늪으로 구성되며 70만여 평에 이르는 국내 최대 규모의 천연 늪이다. 1억 4천만 년 전에 생성된 것으로 추정되며 650여 종의 생물이 서식하는 자연 생태계라 한다.

태고의 신비를 간직한 우포늪. 그곳은 수많은 생명체와 인간이 공존하는 아름다운 자연과 빼어난 경관으로도 많은 사랑을 받고 있으며 물안개 피어오르는 아침, 어부의 모습을 담을 수 있는 풍경처럼 사진작가들에게는 더없이 행복한 선물을 안겨 주기도 하는 곳이었다.

우리는 여기저기 거닐다 빈 배를 요리조리 파인더 속에 담았다. 또 주변을 돌아가며 습지와 나무들 지킴이를 사진으로 멋지게 남기지는 못했지만 열심히 셔터를 눌렀다. 내가 가지고 있는 카메라로 좋은 작품은 담아내지 못했지만 그 또한 더없이 소중하게 남겨진 사진들이었다.

훗날 어느 한 방식을 이해하고 사용할 수 있는 수준이 되면 예술, 회화에 보이는 기본적이며 원초적인 형식으로 예술에 접근할 것이다. 그렇게 우포늪 출사를 뒤로하고 안개 속을 가르며 대구로 왔다.

새처럼

벨 소리에 현관문을 여니 우체부의 손에 속달 우편물이 들려 있었다. 사인을 하고 허겁지겁 뜯어보았다. 사진 공모전에 응모한 작품이 당선되었다는 소식이었다. 상복이 없는 사람이라 기대도 않고 있었는데 당선이라니! 기쁨으로 충만한 마음이 풍선처럼 부풀어 오르기 시작했다.

사진을 찍기 시작한 것은 우연이었고, 꽤 오래되었다. 나름대로 시간과 돈을 열심히 투자했지만 진전이 없었다. 예술적 감각이 부족한 것 같았다. 동호회 회원 중 공모전에서 입상한 사람들을 볼 때마다 그런 생각이 들었다. 타고난 '끼' 도 없고 절실함도 없는 주제에 카메라나 메고 여기저기 기웃거리는 일이 주제넘게만 느껴졌다.

나는 왜 사진을 포기할 수 없었던가? 나는 종종 이런 질문을 스스로에게 던지곤 했다. 어쩌면 허영심이 작용하지 않았나 싶었다. 실패를 인정하고 싶지 않은 마음이 아닐까. 시간이 갈수록 좋은 작품 한 점만 건지고 싶은 욕망이 가슴 밑바닥에서 꿈틀거렸다. 딱 한 점만, 좋은 작품 딱 한 점만!

사진을 두고 내 마음이 냉온으로 갈등할 즈음 비슬산 진달래 군락지에서 하는 장애인 등반에 참여하게 되었다. 봉사 활동의 일환이었다. 시간에 늦을세라 대충 챙겨 배낭을 짊어지고 약속 장소로 달려갔다. 카메라를 챙긴 것은 습관 이었다.

비슬산 자연휴양림. 겨우내 빙하로 덮여 있던 계곡에 맑은 물이 졸졸 흐르고 뾰족이 나온 연둣빛 잎새는 지나가는 솔바람에 풀냄새를 풍겼다. 이름 모를 새들은 화답이라도 하듯 나뭇가지를 옮겨 다니며 지저귀고 있었다. 아침 햇살은 그림엽서 같은 황홀한 풍경을 연출했다. 봄이 온 것이었다. 그때 휴양림 주차장에 소형 버스 한 대가 들어왔다. '제6회 특수학급 청소년 장애인 극복 등반대회 〈내 꿈을 펼쳐라〉' 라는 현수막이 붙은 차였다. 버스 뒷문이 열리더니 특수학급 장애인들이 내렸다. 봉사자들이 다가가 한 사람씩 일일이 손을 잡으며 환영했다. 총인원 122명이었다. 연중행사라 낯익은 얼굴도 있었다. 인원 점검을 마치고 봉사, 감동, 사랑, 희망조로 나뉘어 산을 오르기 시작했다.

장애인과 함께 산을 오르는 일은 상상 이상으로 힘든 일이었다. 거친 돌계단으로 이루어져 있는 데다 계단 높이가 허벅지까지 올라오는 경우도 있어서 서로의 도움 없이는 오르기가 불가능했다. 장애인들은 가파르고 끝이 보이지 않는 산길에 대책 없이 주저앉아 버리곤 했다. 어르고 달래면서 온몸이 땀에 젖은 채로 부축해서 산을 오르고 있는데 몸집이 큼직한 남학생이 내게로 다가왔다. 힘들어 못 올라가겠으니 자기를 좀 업고 가달라는 것이었다. 나는 놀라 덩치가 나의 두 배쯤 되는 그 학생을 바라보았다. 지적장애인이었다. 그는 오는 내내 먹고 마시며 제일 꽁무니에서 마지못해 따라오고 있다가 그나마도 힘들다고 업히겠다고 떼를 쓰는 것이었다.

체구가 작은 한 여학생은 봉사자의 부축을 뿌리치며 배가 아프다고 엄마가 보고 싶다고 울었다. 관장이 휠체어에 매달린 비닐봉지에서 간식을 내어주며 여학생을 달래는 한편, 곧장 업어 달라는 남학생에게도 가서 쉬어 가자고 달래며 바위에 앉혔다. 우리는 이마에 흐르는 땀을 닦으며 서로를 위로했다.

"관장님, 힘드시죠?"

"아닙니다, 선생님. 힘드시죠? 무거운 카메라까지 메고."

사방에 진달래가 흐드러지게 피어 있었다. 산을 오를 때는 장애인들을 부축하느라 챙겨보지 못했던 진달래가 눈을 드니 그야말로 온 산을 덮고 있었다. 그 사이 나는 몇 컷을 카메라에 담았다.

우리는 다시 걸으며 쉬며 산을 오르기 시작했다. 관장은 역시 노련했다. 징징거리는 여학생에게 예쁘다고 연신 치켜세우고, 덩치 큰 남학생에게는 남자답게 봉사하는 나를 업어주라고 부추겼다. 정상이 눈앞에 보였다. 꽃보다 아름다운 청소년들이 삼삼오오로 나뉘어 앉았다. 소년, 소녀들은 팔을 벌려 무사히 정상에 올랐음을 환호했다.

차로 이동해 김밥과 통닭으로 중식을 해결한 일행은 기념 촬영을 시작했다. 사진 동아리의 활약이 시작됐다. 단체 사진, 개인 사진,

〈네 꿈을 펼쳐라〉 현수막을 손에 들고 풀쩍 뛰는 사진 등 여러 사진들이 촬영되었다. 나는 한 무리의 소년, 소녀에게로 다가갔다. 업어달라던 남학생과 울보 여학생도 끼어 있었다. 하나같이 해맑은 웃음을 띠고 있었다. 그 순간만은 장애인의 굴레에서 벗어나 마음껏 웃고 즐기는 모습이었다.

나는 그들이 비슬산의 꽃과 하늘을 배경으로 새처럼 날아오르는 장면을 카메라에 담고 싶었다. 학생들에게 사진 의도를 설명한 후 재빨리 단상 밑으로 내려갔다. 밑에서 카메라를 들이대고 하늘을 날아오르는 장애인들을 연속 촬영했다. 그들은 정말 새가 된 것 같았다. 얼마나 큰 동작으로 함성을 지르며 하늘을 향해 나는지 사진 찍는 내 마음이 짠했다. 몸이 불편해서, 마음이 불편해서 표현할 수 없었던 온갖 서러움들이 함성 속에 묻어나는 것 같았다. 나 또한 그들을 보며 더 이상 사진에 대한 갈등을 접기로 했다. 갈등마저도 사치가 아닌가. 새처럼 마음껏 하늘을 나는 그들을 담을 수 있으면 됐지, 여기서 더 무엇을 바란단 말인가.

벽에 걸린 수상 작품을 보고 또 보았다. 덩치 큰 남학생의 입이 함지박처럼 열려 있었다. 그 학생은 하산하는 길에 구태여 나를 업겠다고 등을 들이대며 고집을 피웠다. 폭소가 터졌다. 관장의 부추김 탓이었을 것이다. 사진 작품 역시 내가 그들과 일체가 되었음으로 얻어진 선물이라 믿는다. 나는 오랫동안 사진 앞에 서 있었다.

난타반의 해프닝

같은 말이라도 '아' 다르고 '어' 다르듯이 표현 하나로 말을 잘 끝낼 수도 있고 그르칠 수도 있다. 표현을 잘못하면 다른 행동으로 오해받기도 하고, 억울한 말도 듣게 된다.

오후 다섯 시 정각 10분 전. 복지관 지하에서는 난타반 회원들이 다섯 시 수업을 기다리는 중이었다. 강당에서는 라인댄스 수업이 진행되고 있었다. 음악에 맞춰 발을 굴리며 춤추는 광경이 머리에 그려졌다.

문득 난타 회원 K가 강당 문을 살짝 열어보았다. 안에서 여성들의 아우성이 터져 나왔다. 아직 3~4분 남았는데 왜 문을 여느냐는 소리가 들려 왔다. K는 댄스는 어떤 것인가 궁금해서 한번 열어봤다고, 죄송하다고 사과를 했다. 잠시 후 빨간 옷을 입은 S가 나와 삿대질까지 하며 지하가 쩡쩡 울리도록 소리를 질렀다. 라인댄스반 회장이면서 난타반 회원이었다.

K는 다시 사과를 했다. 그런데 S가 자기 흥분에 남의 말은 듣지도 않고 악을 쓰니 K는 그만 욱하여 욕을 해버렸다. S는 더욱 흥분하여 행정실에 쪼르르 달려가 고해바치고 말았다. 무용복 차림으로 수업을 하고 있는데 남성 회원이 문을 열었다는 내용이었다.

일이 커져 버렸다. 난타 선생이 행정실에 불려갔다 왔다. 선생은 조금 늦게 시작해도 되니 남의 수업에 방해되는 행동은 삼가 달라고 K를 타일렀다. K가 말썽의 소지를 만들어 죄송하다며 시간을 재촉한 것이 아니고 어떤 수업인지궁금해서 열어보았다고 해명을 했다. S가 또 바르르 악을 쓰며 나서자 난타 회장이

"회장으로서 제가 사과할 테니 이제 그만 접으시죠."

하자 사건은 끝이 났다. 나는 S가 라인댄스 회장이라고 해서 자세히 살펴보았다. 나이도 먹을 만큼 먹었는데 경솔한 이미지에 실망하지 않을 수 없었다.

난타를 마치고 복지관 앞 식당으로 일행 다섯 명이 들어갔다. 또 다시 문 연 사건이 화제가 되었다. 하하, 호호 한참을 웃다가 난타 회장이 K에게 쓸데없이 남의 수업에 왜 문은 열어 가지고 그 봉변을 당하느냐고 하기에 나는 궁금하면 그럴 수도 있지 S가 심했다고 K의 편을 들었다. K가 몇 번이나 죄송하다고 사과를 하는데도 불구하고 남자한테 악을 쓰는 S가 못마땅했다.

K를 나무라는 사람도 있었다. 다른 수업과 달리 라인댄스는 옷도 좀 그런데 남자가 문을 열었으니 오해의 소지가 있고, 무엇보다 욕

을 하지 않았느냐는 것이었다. 악을 쓰는 여자나, 욕을 하는 남자나 무엇이 다르냐는 것이었다. 자연히 우리는 K편과 S편으로 나뉘어 한참을 떠들다가 회장이 K에게,

"앞으로 조심하세요. 사람이 왜 그래~." 충고에 내가 또,

"아니, 궁금해서 문 살짝 연 것이 무슨 큰 죄냐."라고 하니

"선생님도 조심하세요. 요주의 인물이에요." 해서 폭소가 터졌다. 궁금한 것도 못 참고 문 여는 것도 못 참는 두 사람 위에 나까지 요주의 인물로 찍히는 것으로 난타반의 해프닝은 끝이 났다.

내 나이가 어때서

'내 나이가 어때서' 라는 노래가 유행이다. 노인대학 교가로까지 쓰인다고 한다. 하지만 이 노래는 노익장들만 좋아하고 부르는 노래가 아니다. 어제 일요일 송해 선생이 사회를 보는 '전국노래자랑' 에 다섯 살쯤 되어 보이는 꼬마가 출연하여 "내 나이가 어때서~, 사랑에 나이가 있나요~?" 하면서 신나게 노래를 불렀다. 과연 그럴까. 나이는 죄가 없을까.

컴퓨터를 배울 때 카페와 블로그를 개설하여 글을 열심히 올렸던 적이 있었다. 마침 사진도 공부할 때라 일상과 더불어 사진 작품까지 어우러져 내용이 다채로웠다. 블로그 방문자가 하루에 3천 명에 이르렀다. 블로그를 찾는 사람들은 대부분 꽃다운 청춘이었다. 나 자신도 나를 먼 미래와 반짝이는 꿈을 좇는 젊은이로 착각할 지경에 이르렀다. 내 블로그에 방문객이 많은 것만 신기하여 새로운 내용이 있을 때마다 글을 올렸다. 나도 내 나이를 잊고 있었다. 착각은 착각을 손짓했다. 환상 속에서 나도 청춘이었다. 잠자리에 누워서도 나는 청춘이었다. 내 나이도 모르고, 내 인생이 어디로 흘러가는지도 모르고 가상 세계의 삶을 즐겼다.

칠순을 맞았다. 산악회에서 제주도 여행을 하는 김에 칠순을 맞은 친구 열두 명에게 칠순 잔치를 베풀어 주었다. 그랜드호텔에서 3단 케이크도 자르고 한 마당 잔치를 거하게 했다. 한 친구는 나의 손을 잡고 엉엉 울기도 했다. 어느 자식이 나를 이렇게 즐겁게 할 수 있을까 하며 감동을 했다. 나는 사진 담당이라 열심히 사진을 찍었다. 그런데 집에 와서 자랑 삼아 내 블로그에 올렸더니 방문객들이 확 빠져 나가는 것이 아닌가. 나이 때문이었다. 내 나이를 안 순간 방문객들이 썰물처럼 빠져나가고 만 것이었다. 나는 정신이 번쩍 들었다. 블로그를 접고 말았다.

블로그 사건 이후 나는 나의 나이를 되돌아보게 되었다. 잘못은 나이에 있는 것이 아니라 나 자신에게 있었다. '내 나이가 어때서'라는 말 속에는 이미 '내 나이가 어떠하다'는 뜻이 내포되어 있는 것이었다. 피할 수 없는 미련과 슬픔이었다. '나는 나이가 많아요. 어쩌라고요?'의 강한 부정과 서운함이었다. 어리석고 미련한 짓이었다. 흐르는 시간을 누가 막을 수 있단 말인가.

지나온 시간은 돌이킬 수 없다. 아쉬움은 남지만 나에게는 남은 인생을 정성껏 살아갈 기회가 있다. 일 년에 한 번씩 거하게 찾아오는 나이 듦의 중압감을 올해는 대범하게 넘겨보려 한다. 부족한 몸과 마음을 수련할 수 있는 시간을 얻은 셈이라 생각하고 건강한 삶을 만들 수 있는 최적의 시간으로 만들어 보려고 한다. 최선을 다해서 하루하루를 보내면서 제3의 청춘을 펼쳐볼 것이다. 앗싸! 내 나이가 어때서.

수필과 나

복지관 로비에서 지인으로부터 책 한 권을 받았다. 문학 동아리의 연간집인데 자기의 글도 실려 있다면서 한번 읽어보라 하셨다. 수필집이라. 나는 관심이 생겨 나도 그 모임에 가면 안 되느냐고 했더니 흔쾌히 승낙을 하셨다.

문득 소녀 시절의 꿈이 생각났다. 나는 빈곤한 농가에서 6남매의 맏딸로 태어났다. 농사일 바쁜 부모님의 일손을 돕고 동생들을 돌보느라 초등학교 졸업도 못했다. 그 시절 시골에선 내 또래 계집아이들은 열 명 중 세 명 정도만 학교에 갔다. 계집애들이 공부해서 뭘 할 건가. 여자는 가사 배우고 바느질 잘하면 되지 그랬다. 우리 부모는 나를 학교에 보내셨지만 동생들이 두 살 터울로 태어나는 바람에 학교를 그만두었다. 가사를 도와야 했기 때문이다.

그러나 나는 낮에는 집안일과 동생들 뒷바라지를 했지만 밤이면 손에서 책을 놓지 않았다. 재미있는 장편소설은 밤을 꼬박 새우면서 읽었다. 내 마음의 작은 꿈은 언젠가는 공부를 계속하여 수기 같은 것을 써보는 것이었다.

지인을 따라 수필 모임에 참석은 했으나 나는 아무것도 몰랐다. 회원들이 글을 써와 돌려가며 읽고 합평을 했으나 나는 꿀 먹은 벙어리였다. 그러나 나는 매달 성실하게 참석했다. 시간이 지남에 일기 비슷한 글도 썼다. 한번은 회장이 각자 수필 세 편씩을 복사해 오라고 했다. 나도 글 세 편을 복사해 갔다. 회원들이 돌아가면서 합평을 했다. 회장은 내 글에다 빨간 수성펜으로 죽죽 긋고 동글동글 체크를 했다. 글이 온통 딸기밭 같았다. 나는 충격을 받아 얼굴이 벌겋게 달아올랐으나 무엇이 잘못되었는지 이해가 안 갔다. 비로소 수필 공부를 제대로 할 수 있는 곳을 찾아보기 시작했다.

어느 날 우연한 인연으로 대구대학 수필 창작의 소진 박기옥 선생님을 만났다. 소진 선생님의 강의는 목마른 물고기가 물을 만난 것 같은 느낌이었다. 이곳이 내가 원하는 바로 그곳이라는 확신이 생겼다. 나는 열정을 쏟았다. 선생님이 좋아하건 싫어하건 개의치 않고 선생님의 옷자락을 잡고 늘어졌다. 나는 쓰고 또 썼다. 거북이걸음으로 수필을 향해 뚜벅뚜벅 걸어갔다.

어느 날 소진 선생님께서 나의 글 「수의」를 잘 썼다고 칭찬을 하셨다. 남편의 수의를 내 손으로 한 땀 한 땀 만든 이야기를 쓴 것인데 직접 겪은 이야기라 솔직하게 그대로 썼다. 선생님은 만족한 눈치였다. 나는 어리둥절했다. 진짜인지 가짜인지 멍청해하는 나에게 선생님은 「수의」 정도 되는 수필 몇 편 더 나오면 등단도 가능하다고 격려해 주셨다. 나는 뛸 듯이 기뻤다. 등단이라니! 감히 등단씩이나! 얼마나 간절히 원해 왔던가. 얼마나 먼 길을 돌아왔던가. 꿈은 곧 현실이 되어 나타났다.

도전하는 삶

기울어진 황혼에 창의적인 꿈을 가질 수 있다는 것은 얼마나 다행스러운 일인가. 뒤를 돌아보면서 덧없음의 눈물만 흘리거나 남을 원망하면서 삶에 대한 허무감에 젖지 않고, 지금의 나를 있게 한 가족들과 이웃들에게 고마운 마음을 일구면서 미소 지을 수 있다는 것은 얼마나 축복받은 인생인가.

2019년 한국수필 신인상을 통해 나는 수필 작가로 등단했다. 이때부터 수필은 나에게 세상을 보는 창이 되었고 황혼의 외로움을 이기는 지렛대가 되었다. 사랑을 담은 축하 메시지는 위로와 격려가 되었고 내 삶의 폭도 넓어졌다. 행복의 감수성은 어디에서 오는 것일까? 나는 행복을 조건이 아닌 능력이라 믿는다. 행복도 훈련되는 것이라 믿는다. 나이에 관계없이 하고 싶은 일을 할 수 있으면 그는 행복한 사람이다. 게다가 그 일이 창의적인 일이라면 더할 나위 있겠는가.

지난날 정직하게 나의 삶을 되돌아보면 부끄럼 없이는 떠올리지 못하는 일들이 부지기수다. 후회스러운 일들도 하나둘이 아니다. 그럼에도 불구하고 나의 현재가 기쁘게 살아있음이 못난 과거 때문임은 아이러니다. 누군가가 말했다고 하지 않던가. 나의 현재가 과거를 편집하는 것이라고. 나는 나의 미래 또한 설렘으로 다가오고 있음을 느낄 수 있다. 미래 역시 나의 현재가 밑거름이 될 것이기 때문이다.

그렇다고 해서 내가 늘 완벽하게 기쁘다는 것은 아니다. 인간은 해탈하지 않은 한 완벽하게 기쁠 수 없는 존재다. 그러나 인생의 큰 흐름이 기쁨과 설렘으로 이루어지고 있다면 얼마간의 슬픔이나 우울 따위는 그 흐름 속에 쉽게 녹아 없어진다는 것도 안다.

글쓰기는 결코 쉬운 작업이 아니었다. 못난 과거와 정직하게 직면하는 것도 어렵지만 내 안의 나를 끄집어내는 것도 쉬운 일이 아니었다. 나는 아둔했고 선생은 깐깐했다. 누가 수필을 '붓 가는 데로 쓰는 글' 이라 했던가. 나의 붓은 황소처럼 느리고 무뎠다. 도무지 앞으로 나갈 생각이 없어 보였다. 나는 참으며 기다렸다. 나의 황소가 움직여 주기를 간절히 빌었다. 그러던 어느 깊은 밤, 나는 잠 못 들고 황소를 달래며 어르고 있다가 긴 한숨을 뱉으며 그가 움직이는 것을 보았다. 첫 작품이 태어났다. 「수의」였다.

「수의」 이후 나의 과거는 다투어 줄을 섰다. 어린 시절, 청년기, 노년기가 튀어 나왔다. 슬픈 일과 기쁜 일, 억울한 일들이 다투어 정렬했다. 나는 썼다. 쓰고 또 썼다. 선생은 말없이 기다려 주었다. 일자

무식꾼에 나이까지 많은 제자의 배추장사 문서 같은 글을 묵묵히 읽어주었다.

내 어쩌다 늘그막에 이런 행운을 만났는지 황송할 따름이다. 꿈이 아니기를, 멀쩡한 나의 의지로 인생의 기쁨과 설렘의 골짜기에 들 수 있기를 기원한다. 몸은 비록 늙어가지만 깨어있는 젊음으로 도전하는 삶을 열어가기를 간절히 기도한다.

문성文誠의 길

오늘도 글을 쓰기 전에 이 글에 담을 주제에 대해 여러 번 곱씹고 생각해 본다. 그리고 그 글에 담긴 신념 앞에서 나는 부끄럽지 않은 사람인가 되돌아본다. 오늘도 나는 내가 말하지 않으면, 견딜 수 없는 말을 쓰기 위해서 자판 위에 두 손을 얹는다. 하지만 글쓰기는 쉬운 것이 아니다.

어느 날 지인으로부터 호號를 받았다. 문성文誠이었다. '글로써 이룬다' 는 뜻이었다. 그는 호의 뜻을 적은 문서를 건네주며 한자의 한 글자, 한 글자 뜻을 설명해 주었다. 앞으로 글을 잘 쓸 것이라 했다. 나는 호 탓인지 시간이 되면 늘 글을 썼다.

삶의 길을 인생에 비유한다면 우리는 하나의 길을 선택하고 그 길을 걷게 된다. 가지 않는 길, 혹은 가보지 않은 길은 누구도 알 수 없다. 문성의 선택으로 길은 달라지고 그 길 위에서 나의 길을 걷게 된다. 곱고 성숙한 인격은 고난의 돌멩이와 함께해 온 사람에게만 주어지는 선물이다. 인생의 돌멩이들을 바르게 보는 우리네 삶이 되어야 할 것이다.

우리가 말하는 물리적인 길은 출발지와 목적지를 연결하는 하나의 매개체이다. 하지만 인생이라는 길은 추상적인 길이다.

문성은 길을 사랑한다. 가쁜 호흡을 고를 수 있는 느린 산길을 특히 좋아한다. 탄탄대로나 쭉 뻗은 길도 좋지만 오솔길을 걸으며 좋아하는 것들을 상상하곤 했다. 방황하다 길을 잃게 되는 어리석음조차 사랑한다. 길은 내 발걸음을 멈추게도 하지만 징검다리처럼 이곳저곳을 여행할 수 있게도 해 준다.

그렇게 산길을 걷곤 했다. 나무와 작은 풀잎과도 대화를 했다. 길에서는 어디든 갈 수 있는 자유를 누렸다. 자유를 만끽하며 시간의 지배에서 벗어나 혼자만이 꿈꿀 수 있는 상념의 골짜기 속으로 빠지기도 했다.

문성의 길은 때로 여러 갈래로 갈라졌다. 길은 나에게 단호한 선택을 강요했다. 선택을 위해서는 마음을 투명하게 비워야 했다. 결과는 성공과 실패, 두 가지로 주어졌다. 선택의 과정은 무한히 이어지고 반복되었다. 선택의 결과는 방황, 충돌, 위기, 상처, 극복, 치유, 환희를 낳았다.

문성이 지금 서 있는 곳은 어디인가? 어느 곳으로 가야 할까? 지금 내가 가는 길이 과연 맞을까? 생각은 필연적으로 삶에 대한 반성으로 이어졌다.

내가 걸었던 모든 길은 순탄치 않았다. 순리대로 살려고 노력했지만 뜻하지 않은 장벽에 부딪히기도 했고 멀리 돌아가야 했기에 좌절하기도 했다. 길은 시련을 안겼지만 견딜 만큼의 내성을 기르게 했다. 하지만 걷고 있을 때는 과정의 중요성을 몰랐다. 조용한 산길이 좋아서, 별 볼일 없는 울퉁불퉁한 돌멩이와 길가에 피어난 잡초의 꽃을 바라보며 걷던 시간이 있었다. 구수한 흙냄새를 맡으면 어지러운 삶을 잠시 잊을 수 있었고 고단한 현실에서 벗어날 수 있어서 좋았다.

아무렇게나 생겨먹은 돌멩이는 서두름을 방해했다. 느린 삶의 의미를 차분하게 설명했다. 그 길에서는 속도보다 여유를 느낄 수 있었다. 길은 새로운 경험과 기회를 나에게 주었다. 갖가지 생각을 생산했다. 길에서 나는 무한한 상상의 날개를 펼쳤다. 상상은 영감으로 이어졌고 쏟아지는 영감은 글로 탄생되었다. 내 안의 길은 비옥한 글밭이었다.

산길에 서 있는 존재에게 질문을 던졌다. 나는 그들과 마음의 언어를 주고받았다. 내 처지를 이해해 달라고 투정을 부리기도 했다. 꽃길만 걸을 수 있다면 과연 그것이 나에게 유익할까? 길은 가시밭도 있고, 오르내림도 있고, 낭떠러지도 있고, 늪도 있는 곳이다. 위험과 좌절을 겪지 못하면 기쁨이 얼마나 소중한지 모른다. 내 안의 길은 글로 모아진다. 길에서 얻는 경험은 글의 바탕이 된다. 그것은 직접 내가 겪은 것이어야 한다. 시간의 구속에서 벗어나 길과 내가 하나가 되는 순간만이 의미가 있다. 급하게 먹는 것은 체하기 마련이다. 음식은 천천히 소화해야 무리가 없다. 글쓰기도 느리게 체득되는 것이다. 느리게 얻은 것은 오래도록 기억된다. 길에서 나는 독립적인 존재이지만 길에서 얻는 생각이 다시 글로 탄생될 때 우리가 된다.

내 안의 길은 언제든 멈출 수 있다. 내가 걸어갔던 어두운 길도 밝은 미래를 예비하기 위한 과정이었던 것이다. 나는 목적지를 모른 채 폭주하는 기관차가 아니다. 두 발을 동력으로 삼아 많은 길을 걸었고 그 과정에서 얻기도 하고 버리기도 했다. 머릿속에 방황하던 글자들이 자리를 잡기 시작했고 세상에 나가기 위한 준비를 마쳤다. 묵묵히 걸으며 침묵했던 순간이 빛을 누릴 준비가 되었다.

내 눈에 각인된 경험들은 글쓰기의 바탕이 되었다. 한자리에 정체되거나 새로운 만남을 두려워했다면 나는 글을 쓸 수 없었을 것이다. 작은 것에서부터 점차 큰 것으로 확장하며 두려움을 극복할 수 있었기에 문성이란 호와 인연이 될 수 있었을 것이다. 그 인연을 소중히 끌어안으며 나는 잠시 쉼터에 앉아 지나온 길을 돌아본다.

삶과 죽음

'세상에서 가장 빠른 새는 눈 깜짝할 새'라는 유머가 있듯이 정말 세월은 눈 깜짝할 새가 맞는 것 같다. 엊그제 손님 맞던 산언저리마다 개나리, 진달래꽃 흔적 위에는 단풍이 가을의 문을 열고 들어섰다. 세월이란 겨울 삭정이에 쌓이는 눈과 같아서 한참 쌓일 때는 모르다가 어느 순간 그 가벼운 눈발 하나에 폴싹 꺾이고 마는 것이라 했다.

주말 아침 늦잠으로 자리에서 일어나려는데 전화벨이 울렸다. 폰에 뜬 문자는 내 친구 이름이었다. 반가워서

"은자냐?" 하고 물으니,

"아니에요, 큰딸입니다. 엄마, 어젯밤에 운명하셨어요."라는 끝말에 나는 그만 자리에 주저앉고 말았다.

친구와 나는 어릴 적부터 한동네 앞집, 뒷집에서 돌담을 사이에 두

고 살아왔다. 초등학교도 같이 다녔다. 한 반에서 공부했고 숙제도 같이 했다. 저녁밥 먹고 나면 호롱에 석유가 얼마나 남았는지 확인하고 부족한 듯싶으면 사다 놓은 석유를 조심스레 부어서 보충하여 불을 켰다. 공부하다 지겨우면 야식으로 고구마를 깎아 먹고 등잔 앞에서 벽을 향하여 그림자놀이도 하며 호롱불에 그을음이 올라오도록 깔깔거리고 놀았다. 그러다보면 "기름 닳는다. 얼른 불 끄고 자거라." 석유가 닳는 게 아까운 어머니의 걱정이 안방에서 들려왔다.

우리는 이렇게 어린이에서 소녀로, 또 숙녀로, 매일 얼굴을 마주 보며 맛있는 음식도 나누어 먹고 재미나는 이야기가 가득했던 친한 친구였다. 결혼도 3개월 사이로 은자가 먼저 하고 나도 뒤따라 했다.

그 시절에 결혼하면 신부는 해를 묵히다가 그 다음 해 가을에 시집을 갔다. '묵히다' 는 말은 신행 전이라는 뜻이다. 유년 시절에는 엄하신 부모님의 명령에 처녀 몸으로 자유롭게 바깥나들이를 못 하다가 결혼하여 친구와 나는 읍내 가설극장 구경도 하고 책방에 들러 《아리랑》이라는 잡지책도 사 보았다. 수놓을 색실도 사 와서 옥양목에 십자수도 놓았다. 여러 친구들과 옥수수와 콩 같은 것들을 서리했던 추억, 얼마 전까지만 해도 끝이 없는 옛이야기에 시간 가는 줄 모르고 밤을 새운 적도 있었다.

3년 전 은자는 신장병으로 대구에 있는 병원에 입원을 했다. 나는 잣죽, 땅콩죽, 물김치 등 토속적 음식을 만들어 2~3일에 한 번씩 병문안을 갔다. 3개월 만에 친구는 병이 나아서 경북 영덕 자택으로 퇴원했다. 그동안 안부 전화는 했지만 병이 재발한 줄은 몰랐다.

올 여름에 대구 병원에 입원했다는 소식을 듣고 병문안을 갔더니 친구는 음식도 제대로 먹지 못하고 투석을 하루에 네 번을 한다며 운명할 시간이 얼마 남지 않았다는 걸 친구의 남편으로부터 들었다. 그래도 나는 친구의 수족을 만져주고 이것저것 음식을 권하면서 살아야 한다는 용기를 주며 매일 병원에 갔다. 그리고 2주 후에 퇴원했다. 이후로 몇 번 전화를 하니 전화 받기를 힘들어 하기에 한 달쯤 소식 없이 지냈다.

사망 소식을 듣고 경북 영덕행 무정차 버스에 올랐다. 장례식장에는 슬하에 5남매를 둔 만큼 후손들이 많아서 좋았다. 소꿉 시절이 어제 같은데 어느 세월에 생을 마감하는 황혼이었다. 인생길 함께 걷던 친구들도 한 사람, 두 사람 세상 등지는 것을 바라보면서 청춘은 눈 깜짝할 사이에 지나갔다는 것을 느꼈다. 옛 추억이 주마등처럼 스치니 두 볼에 눈물이 흘러내렸다.

조문하고 돌아오는 차창 밖에 여기저기 형형색색으로 곱게 물든 가을의 향연을 바라보았다. 청아한 하늘에 하얀 뭉게구름 속으로 마지막 친구를 보내는 이별의 명복을 빌며 나는 두 손을 모았다.

신명과 흥

흥을 돋우기 위해 연주하는 악기에는 여러 종류가 있겠으나, 풍물놀이의 꽹과리만큼 관중을 흥겹고 즐겁게 해주는 악기는 없으리라 생각된다. 꽹과리는 소리뿐만 아니라 몸짓과 표정으로도 관중과 직접 소통한다.

나의 중년 시절, 봉사 활동 시점에 사물놀이 장단을 배우기 시작했다. 호기심만 가지고 마음을 내긴 했지만 여간 쑥스럽지 않았다. 허우적거리며 헤매고 있었는데 젊은 남자 선생의 열성이 대단했다. 그의 지도에 힘입어 흥미를 느끼게 된 것이다.

처음에는 장구를 배웠다. 장단이 어느 정도 되자 사물놀이 그룹에 합류하여 꽹과리를 잡게 되었다. 풍물놀이는 꽹과리를 중심으로 기수와 함께 어우러진다. 꽹과리를 치면 무아의 경지로 들어간다. 놀이가 무르익을 쯤에는 장구, 북, 징, 소고 등이 흥을 마음껏 발휘한다. 어쩌면 나는 선천적으로 끼를 타고났는지도 모르겠다. 갱개 갱개 개갱 소리로 '자진모리' 가락 한 장단을 흥겹게 치다 보면 관객과 한마음으로 어울리게 됐다.

어느날 그룹 팀 일곱 명이 구청 환경미화원 행사에 한마당 놀이로 출전하였다. 사물놀이에 사용되는 악기는 네 가지로 되어 있다. 장구, 북, 징, 꽹과리이다. 꽹과리에는 암쇠, 수쇠가 있다. 수쇠는 암쇠보다 크기가 작고 다루기도 힘들다. 암쇠는 여럿일 수 있으며 풍물놀이 앞잡이다. 타악기 소고는 사람이 손에 들고 돌리며 춤을 추는 이도 있다. 우리는 신명에 도취되어 정신없이 놀았다. 고맙게도 출연료까지 받았다. 사양했지만 미화원들이 십시일반으로 모은 거라며 구태여 찔러주었다. 돈은 독거노인 봉사 기금으로 썼다.

두류공원 축제에서도 각 구, 동별 장기자랑에서 풍물놀이를 했다. 나는 꽹과리로 앞잡이가 되었고, 어르신들이 우리 팀에 따라다니며 흥겹게 춤을 추었다. 마당놀이 후에는 흥을 돋워 주는 할아버지, 할머니들에게 막걸리도 대접했다. 흥겨움 한편으로는 동아리 팀원들의 배움에 대한 열정과 설렘도 고스란히 느낄 수 있어 찡한 마음이 들었다.

풍물은 풍년을 기원하고 개인의 건강을 비는 내용을 중심으로 한다. 민족 문화라는 것은 그 민족의 전통을 바탕으로 현대에 활용할 수 있는 새로운 문화를 창조하는 과정에서 자연스럽게 형성되어 가는 것이다. 진정한 의미의 민족 문화는 옛것을 바탕으로 새것을 창조하는 과정에서 변화, 발전된다. 즉 살아있는 민족 문화는 대중의 필요에 의해 자연스럽게 형성, 발전되어 가는 것으로 볼 수 있다.

작은 것 같지만 새로운 무엇을 시작한다는 것은 쉬운 일이 아니다. 나는 어려움이 닥칠 때마다 배움의 동기를 회상하고 최선을 다해 열심히 했다. 노래는 목소리로, 춤은 몸동작으로 하지만, 악기를 이용하여 그 울림을 듣고 또 자신이 몸동작을 함께하면서 공연하는 모습은 연주한 자신도 흥이 나지만 보고 듣는 이도 어깨가 들썩거린다. 풍물 선생은 우리들에게

"장단에도 음과 양이 있다. 높은 소리 뒤에는 낮은 소리가 있고 빠른 소리 뒤에는 느린 소리가 있다. 타령 한 장단이라도 집이 이루어져야 된다. 남자와 여자가 모여서 가정을 이루듯 암가락과 수가락이 어우러져야 한 장단이 이루어지는 법이며 순서가 틀려도 안 된다. 요즘은 이런 것을 모르고 마구잡이로 치는 사람들이 많이 있다."라고 가르쳤다.

풍물의 장단은 입으로 흉내 낸 노래라고도 했다. 연습할 때는 북, 장구, 꽹과리, 징, 날라리가 한데 어울려 입장단으로 외웠다. 이렇게 말로 된 장단을 입으로 외우면 풍물 치기가 한결 수월하다.

풍물에 전해오는 말이 있다. 우리는 장구를 개가죽이라고 했다. 노랫말에도 개가죽이 나온다. '저무나 새나' 는 날이 저물거나 새거나라는 뜻으로 하루 종일이란 뜻이며

셋전이란 아주 적은 돈, 또는 아주 적은 수입을 말했다. 여기에서 우리는 전통의 지혜가 놀이 문화로 승화됨을 알 수 있다.

전통 악기로는 뭐니 뭐니 해도 꽹과리가 좋다. 우리 몸짓에 딱 들어맞으며 빠르지도 않고 느리지도 않고 신명과 흥으로 어깨를 들썩이면서 걸어가는 소걸음, 이것이 우리 장단의 기본이다. 멋진 '자진

모리' 가락 한 장단을 신나게 치노라면 흥겨움과 더불어 관중에게 삶의 메시지를 던지는 것이 아닌가 한다.

삶에는 신명과 흥이 있어야 한다. 악기를 이용하여 그 울림을 듣고 또 자신이 몸동작을 함께하면서 공연하는 모습은 연주한 자신도 흥이 나지만 보고 듣는 이도 어깨가 들썩거린다. 어울림이란 삶의 에너지이다. 전통 악기를 매개로 한 단체가 모여 서로의 장점을 배워 시너지 효과를 창출하는 일은 일상 속의 문화예술 활동으로 기분 좋은 일이다. 나는 중년 시절의 한때, 꽹과리와 함께했던 아름다운 시절을 그리워한다.

토막 낮잠

낮잠이 게으른 사람들의 나쁜 습관으로 여겨졌던 때가 있었다. 하지만 최근 들어 낮 시간에 자는 토막 잠에 대한 긍정적인 연구와 통계가 발표되면서 토막 낮잠이 새로운 건강 아이템으로 주목받고 있다.

최근 시에스타와 같은 토막 낮잠 습관이 기억력 증진과 학습 능력 향상에 도움이 된다는 연구 결과가 나의 관심을 끌고 있다. 연구팀에 따르면 렘수면과 비렘수면이 교대로 나타나는 수면 주기 동안 낮잠을 충분히 자야 기억력과 학습 능력 향상을 기대할 수 있다고 한다. 결국 낮잠은 몸을 위한 습관이라기보다는 뇌를 위해 필요하다는 것이 연구진의 설명이다. 하루 종일 학습을 반복해야 하는 뇌는 수용 능력이 포화 상태에 이르게 되므로 낮잠을 통해 뇌가 기억을 정리할 시간을 주는 것이 좋다는 것이다.

실제로 과학 잡지 《네이처 뉴로 사이언스》 연구에서도 낮잠을 자는 사람들은 그렇지 않은 사람들에 비해 학습과 기억 능력이 높다는 결과를 발표했고, 하버드대학과 아테네 의대 연구팀의 실험에서도 낮잠을 자면 심장 질환 발병률까지 낮아진다는 사실을 밝혀냈다.

프랑스에서는 정부 차원에서 '직장에서 15분 낮잠 자기' 캠페인을 펼치고 있고, 이라크에 파병된 미 해병대들에게는 낮잠이 의무화되는 등 전 세계적으로 낮잠 열풍이 불기 시작했다. 토막 낮잠의 효과에 대해서 반신반의하는 사람일지라도 쏟아지는 졸음을 커피를 마시며, 허벅지 꼬집어가며 피하는 것보다 잠깐의 휴식으로 보다 좋은 컨디션을 만드는 편이 훨씬 더 현명한 일이라는 것은 의심하지 못할 사실이다. 낮잠은 심지어 혈압도 내린다!

토막 낮잠은 보약보다 낫다. 우리의 몸은 아침에 잠에서 깨어나면 평균 여덟 시간 후 수면이 필요한 생체 리듬을 가지고 있다. 즉 아침 여서일곱 시에 기상을 했다면 오후 두세 시쯤 졸리게 되는 것은 지극히 자연스러운 현상이다. 밤잠을 부족하지 않게 충분히 잤다면 굳이 낮잠이 필요하지 않겠지만, 대부분의 현대인들이 수면 부족에 시달리고 있는 형편이라 낮잠은 모두에게 필수적인 영양제 역할을 하는 셈이다.

전문가들이 권하는 적절한 낮잠 시간은 15분 정도이며, 길어도 30분을 넘지 않는 게 좋다고 한다. 알람 시계 등을 이용해서 수면 시간을 정확히 지키는 것이 좋다.

최적의 수면 타임은 오후 한 시와세 시 사이이다. 몸이 피곤하여 잠이 필요할 때 자는 것이 가장 좋은 효과를 가져 온다. 생체리듬 상

가장 졸리는 오후 한 시와 세 시 사이에 잠깐 눈을 붙이는 것이 가장 좋다. 오후 네 시 이후의 낮잠 은 수면 주기에 오히려 문제를 일으켜서 불면증을 유발할 수 있기 때문에 삼가야 한다.

낮잠을 자더라도 가능한 한 침대에서 평소 잠잘 때 입는 복장으로 편하게 잠드는 것이 낮잠의 효과를 볼 수 있는 방법이다.

낮잠이라고 해서 누구에게나 보약이 되는 것은 아니다. 평소 불면증이나 수 면 장애가 있는 사람의 경우, 낮잠은 오히려 독이 되기도 한다. 특히 수면 무호흡이 있거나, 코를 고는 사람들은 밤잠에 문제가 있기 때문에 낮에 졸리는 경우가 많다. 이 경우의 졸음은 참지 못할 정도의 졸림증이라는 특징이 있다. 일상적인 낮잠과 졸림증을 구별해서 낮잠이 아닌 경우에는 정확한 진단과 치료를 받아볼 필요가 있다.

편하게 잠을 잘 수 없는 직장과 같은 환경에서는 엎드리거나 옆으로 기대어 자는 것보다 '마부 자세' 가 좋다고 한다. 허리 중심을 약간 낮게 하고 머리와 상체를 앞으로 기울인 다음 다리는 가볍게 벌린다. 두 손은 무릎이나 다리에 놓으면 편안하게 잠을 잘 수가 있다. 피곤하거나 녹초가 되었다고 생각되면 그것은 몸이 휴식을 원하고 있다는 증거다. 이때는 아무튼 눕는 게 제일이다.

잠들기보다 중요한 것은 잠을 깨는 일이다. 특히 낮잠은 우리 몸을 의도적으로 깨우는 과정이 필요하기 때문에 잠에서 깬 후 갑자기 일어나서는 안 된다. 심호흡과 가벼운 스트레칭으로 몸을 깨우고, 눈을 뜬 다음 긍정적인 생각을 갖는 것이 중요하다.

최근 방영된 어느 예능 프로그램에서도 창의력이 한 가지에 몰입하는 순간보다는 약간의 공백을 주는 상황에서 더 잘 발휘된다는 내용이 방영된 바 있다. 가끔은 끊임없이 에너지를 쏟으며 몰입하는 것 못지않게 몸과 마음에 충분한 휴식을 주면서 몸이 제 기능을 할 수 있도록 도와주는 것이 장기적으로 봤을 때 더 나은 선택이 아닐까 하는 생각을 해 본다.

코로나19로 외출이 뜸한 요즘 나는 하루의 대부분을 컴퓨터 앞에 앉아 글을 쓰는 일로 소일을 한다. 두 시간쯤 지나면 머리가 어지럽고 집중에 무리가 와서 토막 낮잠을 즐긴다. 낮잠에서 깨어나 눈을 뜨고 정신을 차리면 씻은 듯이 머리가 맑아진다. 물 한 컵을 마시고 컴퓨터 앞에 다시 앉으면 몸 전체가 새로워지는 느낌이다. 토막 낮잠 덕분이다.

황혼의 사춘기

인생에서 두 번째 사춘기는 60대이고 세 번째 사춘기는 70대라는 말이 있다. 이 시기를 겪고 나면 편견과 교만이 없어지고 삶은 완숙기에 접어든다. 하루하루의 삶이 진지해지고 우직함도 친구로 느껴진다.

안개꽃처럼 아련한 꽃을 보면 황혼에도 소녀처럼 가슴이 설렌다. 사람만이 친구가 아니라는 것을 느낀다. 터질 듯한 꽃봉오리도 그냥 흘려버릴 수가 없다. 내 살아온 삶을 뒤돌아보게 되고 앞으로 닥칠 미래가 머지않아 보인다. 울타리 밖을 몰랐던 자신이 갑갑하게 느껴진다. 그래서일까, 대화를 나눌 친구들을 찾게 된다. 공허함을 달래기 위해서일까? 때론 모닥불같이 활활 타오르는 사랑의 꿈을 꾸기도 한다. 호수처럼 가슴에 잔잔하게 파문이 이는 그런 사랑, 마지막 사랑일까? 황혼의 늦사랑은 누구에게나 찾아오는 것이 아니다. 순수하고 용기 있는 사람에게만 찾아올 것이다.

나이가 든다는 건 젊은 날의 방황과 욕망, 분노, 초조감 같은 것들이 지그시 가라앉고 안정된다는 의미다. 인생을 관조하고 지난날을 회상할 수 있는 기쁨을 누릴 수도 있다.

잘 늙는 경지에 이르면 노년도 충분히 아름다울 수 있고 또 어느 순간 죽음이 닥쳐와도 두렵지 않다. 나이 듦의 너그러움과 여유는 인생을 향상시키고 풍요롭게 한다. 유머는 위트처럼 날카롭지 않고 풍자처럼 잔인하지 않아서 따스한 웃음으로 미소 짓게 한다.

요즘 사람들은 긴장, 초조, 냉혹함 등으로 불안해하는 경우가 많은데 유머가 있는 삶은 따뜻함이 있다. 유머가 풍부한 작품들을 접하면서 우리는 웃을 수 있는 동시에 센스 오브 유머를 터득할 수도 있다. 좀 더 밝은 생활을 할 수 있는 것이다.

행복이란 어디 먼 곳에 있는 게 아니다. 우리에겐 원래 행복할 수 있는 여러 조건이 있고 상황을 어떻게 받아들이느냐에 따라서 그것은 고마운 일이 될 수도 있고 불만스러운 일이 될 수도 있다. 소욕지족少欲知足, 작은 것을 갖고도 고마워하고 만족할 줄 알면서 행복을 보는 눈이 열려 있으며 일상적이고 지극히 사소한 일에도 행복의 씨앗이 들어 있다는 생각을 한다.

행복의 기준이나 삶의 가치관도 세월에 따라 변하는 것 같다. 나는 지금은 '마음이 가난한 자는 행복하다' 라는 말을 좋아한다. 가난 그 자체가 행복한 것은 아니다. 오히려 빈곤과 궁핍은 불행의 씨앗이라 할 수 있다. 그러나 마음이 가난하다는 말은, 행복이란 마음에서 비롯된다는 의미인 것 같다. 같은 온도에서 추워 죽겠다고 생각하는 사람이 있는 반면 정신이 번쩍 들도록 서늘하다고 느끼는 사람이 있다. 모든 것은 마음에서 나오지만 특히 행복은 전적으로 마음속에 있는 것 같다.

황혼의 사춘기에는 외로움이 있어야 한다. 외로움을 모르면 삶이 무디어진다. 하지만 외로움에 갇혀 있으면 침체된다. 마음에서 생각이 나오고, 말이 나오고, 말에서 습관이 나오고, 성격이 운명을 이룬다. 옛 성인의 좋은 말씀 되 뇌이며 슬기로운 모습에 지성까지 묻어난다면 나의 노후도 아름답게 가꾸어지리라. 나의 남은 생에 봄이 몇 번이나 더 올까 생각을 하면 이 아름다운 봄이 너무나 소중하고 감사하다. 올해의 봄도 꽃망울로 시작하는 너희들과 함께 황혼의 사춘기로 신나게 날아 봐야겠구나.

삶의 여정

가을이 점점 깊어 간다. 그리도 우리를 괴롭히던 긴 폭염으로 모두를 힘들게 했던 여름이 지나고 벌써 아침저녁으로 섬뜩섬뜩 느끼는 한기는 언제 우리가 열대야로 잠 못 이뤘나 싶다. 곱게 물드는 단풍, 한 잎 두 잎 조용히 자연으로 돌아가는 낙엽을 바라보며 삶의 여정을 그려본다.

별 하나 나 하나. 고향 밤하늘 할머니와 별 세어보던 그 시절 삶의 흔적들. 추억 속에 묻은 꿈들이 하나둘 가슴에 떠오른다. 삶은 단 한 통의 편지만으로도 따뜻해지는 것이다. 요즘 사람들은 항상 바쁘게 서두르며 살아가고 있다. 하지만 꼭 그래야만 하는가 하는 의문이 머릿속에 맴돌 때가 있다. 삶을 위한 시간들이 늘 빨라야만 하는 것은 아닐 텐데 무조건 하루를 바쁘게만 살아가는 것은 어쩌면 우리들의 고정관념일지도 모른다.

한 번쯤 곰곰이 생각해보자. 젊은 날에 뜻을 세우면 그 뜻을 이루기 위해 오랜 세월을 보낸 후에야 비로소 자기 얼굴을 책임질 수 있게 된다. 산다는 것은 싸운다는 말이 아닌가. 날마다 이기지 않으면 살아남을 수가 없는 사람이 있고 달려가다가 중간에 그만두고 돌아서는 사람도 있다.

인생이 먼 길을 돌면서 중년 이후부터는 외모도 변해간다. 삼단 복부, 이중 턱, 구부정해지는 허리와 등까지. 엉성한 흰머리와 늘어진 피부, 자꾸 처지는 눈꺼풀도 피할 수 없다. 그래도 말년을 앞둔 우리의 삶이 다른 사람에게 향기를 나눠줄 수 있는 것은 덕이 있기 때문이다. 덕은 갑자기 생기는 것이 아니라 살아가면서 쌓이는 것이다. 사랑이 인간을 구제한다고 했지만 미움과 절망이 인간을 구제할 수도 있다. 노년의 연륜은 미움과 절망까지도 품을 수 있다. 성실하게 살면 이해도, 지식도, 사리분별도 자신의 나이만큼 쌓인다. 그런 것들이 쌓여 후덕한 인품이 완성된다. 이 세상에는 신도 악마도 아닌 인간이 존재한다는 사실을 깨닫게 되는 것이다. 그래서 젊은 날의 만용조차 둥글해지고 인간을 보는 눈도 따스해진다.

이러한 덕목을 갖추려면 스스로에게 엄격해야 한다. 시간은 잔혹하고 두려운 것이다. 우리는 최선을 다하되 미완성에도 감사해야 한다. 황혼이 기울어진 노년 이후에는 물러설 때를 늘 염두에 두며 살아야 한다. 진격보다는 철수를 준비해야 한다. 오래 살게 되면 얻는 것도 있겠지만 잃어버리는 것이 더 많다. 이는 잃지 않기 위해 노력하라는 말이 아니라 잃어버림을 받아들이라는 말이다.

주변의 사람도 재물도 그리고 의욕도 자신을 떠나간다. 이것이 노년 이후의 숙명이다. 추한 모습, 비참한 것에서도 가치 있는 인생을 발견해내는 것이 삶의 여정이다. 여자든 남자든 어떤 사람을 평가할 때 외양이 아닌 그 사람의 어딘가에서 빛나고 있는 정신 혹은 존재 그 자체를 있는 그대로 받아들일 수 있는 때가 좋다. 내가 없어도 세상이 잘 돌아감이 서운할 수 있으나 한편으로는 안도할 수 있어 다행일 수도 있다. 인간은 조금씩 비우다 결국 아무것도 남아있지 않을 때 세상을 뜨는 게 하늘의 뜻이다. 세월 따라 기력이 쇠진해지는 만큼 마음도 따라 너그러워지는 노년이길 바란다. 노을이 아름다운 만큼 나의 남은 인생도 행복한 삶의 여정이 되길 바란다.

나를 찾아서

주는 것이 있으면 받는 것도 있다는 말이 뇌리에 스친다. 많은 봉사와 인원 동원으로 행복을 주고 다 같이 더불어 잘 살고 싶은, 삶의 질을 높이는 사업은 이제 후임에게 물려주었다. 돌이켜보면 봉사 활동은 결국 남을 위한 것이 아니라 나 자신을 찾아가는 첫걸음이 아니었나 생각해본다.

나를 찾아서

6남매의 맏며느리로 층층시하에 3남매 자식까지 둔 대가족, 고행의 삶이었다. 7년 세월에 시어른들 모두 작고하시고 시누이, 시동생들 짝을 지어 분가하며 자녀들마저 장성하니 긴장이 풀린 탓인지 온몸이 쑤시고 안 아픈 데가 없었다. 몸져눕게 되었다. 친구도 없었다. 문 밖 출입이 통제된 생활에 누구와 친분을 나눈단 말인가. 이러면 안 되겠다는 생각이 들었다. 할 일을 찾아 새마을 부녀회에 가입하였다. 지역 사회 활동으로 나무 심기, 꽃길 조성, 마을 길 청소 등으로 나 자신을 찾아가기 시작했다.

1980년 당시 전국적으로 퍼져나간 새마을 운동은 생명 운동이었다. 생명은 스스로 생성, 발전하는 속성이 있다. 새마을 운동의 생명은 말과 글로 하는 것이 아니라 시민과 함께 몸으로 하는 교육과 봉사였다. 오늘 우리 세대가 땀 흘려 이룩하는 모든 것은 결코 오늘을 잘 살고자 함이 아니요, 이를 내일의 세대에게 물려주어 겨레의 영원한 생명을 생동케 하고자 함이었다.

1994년 새마을 부녀회장을 맡으면서 나만의 좌우명이 있었다. '투명하고 솔직하게 최선을 다하자' 였다. 계획과 목적이 우선되지 않는, 조건 없는 순수한 봉사를 통해 정직하고 깨끗한 사회를 만들어 가는 것이 나의 꿈이었다. 봉사 활동에는 무엇보다도 회원들의 참석을 유도하는 일, 즉 인원 동원이 문제였다. 젊은이는 직장 때문에, 중년은 크고 작은 질병으로 나는 늘 인원 동원에 애를 태웠다.

회장으로서 목표에 끈기를 가지고 열정으로 뛰었다. 언덕길을 오르는 수레도 올라가려 노력하고 있을 때는 지나가는 사람도 함께 밀어준다. '하늘은 스스로 돕는 자를 돕는다.' 라는 말을 철저하게 믿고 실천했다. 공평무사한 하늘의 뜻에 감사와 감탄을 하지 않을 수가 없었다.

나는 새마을회의 화합과 자립을 위해 타의 귀감이 되는 활동으로 노력했다. 수년간의 노력과 열정으로 새마을 운동 활성화와 다양한 지역 봉사를 이끌어 왔으며 발전을 통해 타의 귀감이 되고자 혼신의 힘을 기울였다.

한번은 대구시 남구 16개 동이 앞산 자연보호 사업을 실시하게 되었는데 경로당 회장에게서 연락이 왔다. 경로당 어르신들이 다 함께 참여한다는 말씀이었다. 1995년에 실시한 '100인의 영정 사진 사업' 으로 나는 어르신들의 적극적인 지지를 받고 있었다. 어르신들은 인원 동원에 적극 참여해 주었다. 노인회장이 앞장서서 나서주었다.

앞산 자연보호 쓰레기 줍기 운동에 경로당 할아버지 할머니들이 솔선수범하여 나섰다. 새마을 남녀 회원들 포함 50~60명이 마대 포대에 집개 하나씩을 들고 앞산 자락을 돌았다. 부녀회의 총무는 사정이 여의치 않아 개인택시 사업 하는 남편을 대신 보내왔다. 그 택시기사는 나에게

“제가 뭘 할까요?”

나는 마대와 집게를 주었다. 아내 대신 열심히 하겠다는 말에 모두 한바탕 웃었다. 생각지도 못했던 인원 동원이었다. 어르신들은 쓰레기 담은 마대를 메고 줄을 이어 왔다.

현장에 도착한 구청 새마을과장이 깜짝 놀랐다. 아니, 웬 어르신들이! 노인회장이 함빡 웃으며 ‘부녀회에서 물심양면으로 우리 노인들에게 많은 도움을 주는데 우리도 가만있을 수 없지 않으냐’ 고 해서 큰 박수를 받았다. 경로당 노인들이 다 나온 것이었다.

우리 동은 남구 16개 동에서 1등을 하여 상금으로 금일봉까지 받았다. 행사를 마치고 어르신들에게 선짓국과 막걸리를 대접했다.

설, 추석 명절에도 동네 대청소에 할아버지, 할머니들은 자발적으로 빗자루를 들고 아침 일찍 나오셨다. 서부정류장 귀성객 맞이에 현수막까지 들고 대청소에 임했다. 대단했다. 청소를 마치면 관문시장 돼지국밥집에서 아침 식사 대접을 했다. 구청 새마을과 직원들과 동사무소 직원들까지 함께하는 화합의 자리였다.

내가 이끄는 부녀회는 새마을 운동 활성화와 다양한 지역 봉사를 이끌어 왔으며 타의 귀감이 되는 선행 활동으로 지역 사회의 안정에 크게 기여해 왔다. 어르신들에게 사랑도 많이 받았다. 노인회장으로

부터 상패도 받았다. 봉사하는 사람들이 자긍심을 갖도록 행정에서 도 관심을 가져주고 아낌없이 격려해 주었다. 그렇게 봉사 분위기도 성숙되고 참여 인원도 눈에 띄게 늘어났다. 어려운 이웃을 배려하고 돌보는 일이 서민들의 일상 속으로 파고든 결과였다. 적극적인 봉사 활동으로 나는 연말에 구청장 감사패도 받았다.

지나간 추억을 회상하니 할머니, 할아버지들 생각이 난다. 어르신들에게 사랑도 많이 받았다. 불교 경전에 인과응보라는 말이 생각난다. 주는 것이 있으면 받는 것도 있다는 말이 뇌리에 스친다. 많은 봉사와 인원 동원으로 행복을 주고 다 같이 더불어 잘 살고 싶은, 삶의 질을 높이는 사업은 이제 후임에게 물려주었다. 돌이켜보면 봉사 활동은 결국 남을 위한 것이 아니라 나 자신을 찾아가는 첫걸음이 아니었나 생각해본다.

100인의 영정 사진

'따르릉' 전화벨이 울렸다. 동장님의 호출이었다. 단걸음에 달려가니 지역 발전에 좋은 사업 하나 하자고 했다. 어느 지인이 좋은 일에 써달라며 금일봉을 내놓았다고 말했다. 동장님과 나는 어떤 사업이 좋을까 궁리하다가 며칠 전 내가 봉사하는 독거 할머니 한 분이 사망하신 것이 생각났다. 멀리 있는 딸이 와서 엄마의 영정 사진이 없는 것을 보고 자책하는 것을 보았다. 우리는 동 주민 독거노인 100명을 초대해서 무료 영정 사진을 만들어 주기로 계획을 세웠다.

1990년대 가세가 어려운 집안, 특히 할머니들은 영정 사진이 거의 없었다. 우리 동 새마을 부녀회에서는 영정 사진 사업 추진으로 마음을 모았다. 총괄적인 사업 추진은 내가 맡기로 하고 회원들에게 각자 의무를 맡겼다. 독거노인뿐만 아니라 이웃에 가사가 어려운 65

세 이상 할머니, 할아버지들의 영정 사진 프로젝트 발굴로 회원들과 마음을 모아 뛰기 시작했다. 영정 사진과 경로잔치를 겸하는 예산을 짜보았다. 영정 사진 100개는 적은 숫자가 아니다. 행사를 제대로 하려면 오프라인 없이는 진행할 수가 없었다. 우선 동네에서 사진관을 하는 새마을 회원을 찾아갔다. 우리 부녀회에서 추진하는 사업, 영정 사진 100개를 액자 포함해서 만들어 달라는 부탁으로 원가만 드리기로 약속하고, 기초수급자 독거노인 어르신들부터 한 사람씩 만나 인터뷰를 했다.

회장인 나는 정신없이 뛰었다. 자가용도 흔하지 않던 시절이었다. 거동이 불편하거나 갑작스러운 일로 사진관에 나오지 못한 어르신들을 위해서는 댁을 방문하여 회원과 내가 어르신을 부축하여 동장님 차로 직접 모시고 왔다.

장사꾼으로 오해를 받아 사진 찍기를 거부하는 노인들로부터 차가운 눈총을 받을 때도 있었다. 공짜라고 말씀드려도 의심이 많은 어르신들은 당신들을 상대로 장사를 하는 게 아닌가 하고 오해를 했다. 부녀회의 적극적인 활동에 감동받은 동장님이 스피커로 직접 방송도 하고, 할머니들을 위해서 한복저고리까지 준비한 것을 보고서야 상황이 많이 반전되었다.

부녀회에서는 노인들의 손과 발이 되어 영정 사진을 직접 만들어 드리고 싶었다. 그렇게 어르신들은 그 무엇보다 아름답고 귀한 영정 사진을 장만하게 되었다. 어느덧 영정 프로젝트는 구청까지 입소문이 퍼지게 되었다.

촬영할 때는 세월의 흔적으로 찌그러진 얼굴에 웃음을 뿌리려고 어르신들 앞에서 온갖 아양을 다 떨었다. 어르신들 또한 멋쩍어하면서도 내 말을 잘 따라주었다. 노인들은 영정 사진을 자식들한테 만들어 달라는 것도 어렵고 직접 만들기는 저승길 준비하는 것 같아 서러웠다고 했다. 그런데 새마을 부녀회에서 이렇게 무료로 사진 찍어 액자까지 만들어주니 큰 시름 덜게 되어 홀가분하다고 하며 연신 내 손을 잡고 고맙다고 했다.

지금은 누구나 쉽게 사진을 찍는 시대다. 사람들이 가장 즐겨 찍는 사진은 예나 지금이나 인물 사진이다. 그 시절에는 사진관에서 영정 사진 하나 마련하려면 경비가 만만치 않았다. 천신만고 끝에 100인의 영정 사진이 마련된 날, 사진 전달과 함께 경로잔치도 했다. 가마솥에 쇠고깃국 끓이고 잡채와 떡도 하여 동네 큰 잔치를 했다.

노인회장님, 동장님, 파출소장님, 구청 복지과장님께서도 참석했다. 전달은 대표 할머니 한 분께 회장인 내가 했다. 할머니들은 사진을 가슴에 안고 눈물을 흘렸다. 방문 인터뷰 때 쌀쌀하게 냉대하던 할머니는 내 손을 잡고 무료 사업 취지를 몰랐다며 '회장님 미안했어요.' 하며 눈물을 훔쳤다. 100인의 영정 사진 사업으로 그해 연말에는 시장상까지 받았다. 봉사는 남을 위한 것이 아니고 나를 위한 것이라는 말을 실감하는 순간이었다.

흘러간 그 세월로 내 나이가 벌써 80이다. 수의와 함께 이제는 내 영정 사진을 들여다보고 있으니 당시의 흐뭇했던 순간이 떠올라 마음이 따뜻해진다.

독거노인

매년 연말이 되면 매스컴에서는 경기 불황으로 겨울나기가 어려워진 저소득층에게 겨울을 녹이는 따뜻한 온정의 손길이 필요하다고 보도한다. 모두 힘든 겨울이지만 어려운 이웃을 돌아보고 온정을 나누어줄 수 있도록 많은 사회단체들과 시민들의 참여를 당부한다는 뉴스가 시간마다 나온다.

나는 1995년 새마을 동 부녀회장을 맡으면서 동에 사소한 봉사도 많이 했지만 구청에서 동 회장들에게 각 분야의 봉사 배정을 하면서 독거노인 두 할머니도 맡게 되었다. 첫 번째 할머니는 외풍이 몰아치는 냉골 쪽방에서 연탄을 갈아 넣다 부엌 바닥에 넘어졌다. 다리를 다쳐 시립병원에서 3개월 만에 집으로 돌아와 양쪽 목발을 짚고 병원에 통근 치료하신다는 할머니께 내 자동차로 1주일에 두 번씩 병원 운송을 하기로 약속했다.

때로는 병원에 환자가 많아 시간이 지체되면 할머니는 택시를 타고 가신다고 나보고 먼저 가라 하셨지만 그래도 기다렸다가 치료를 마친 할머니를 부축해서 차에 태워 집에 모셔왔다. 내 겯부축으로 내리면 할머니는 고맙다, 미안하다며 꼬깃꼬깃 접은 만 원짜리 한 장, 내 손에 쥐어주면서 집 안으로 들어가셨다. 대문을 잠그시면 나는 돈에다 작은 돌을 싸서 대문 안으로 던지고 '할머니, 돈 주워 가세요' 하고 시동 걸린 자동차를 타고 집으로 돌아왔다.

여러 차례 할머니 병원 운송 방문에 한 번은 쇠고깃국을 끓여 드린다고 준비해 갔더니 반갑다며 할머니 두 손으로 내 손을 잡으며 방에 들어와서 이것 좀 봐달라 하셨다. 냉골 같은 방바닥에 아주 옛날 빛바랜 와이셔츠 상자가 하나 있었다. 상자 속에 아들이 군에 입대하여 어머님께 처음으로 쓴 편지를 읽어 달라 하셨다. 편지지는 너무 오래되어 누렇다 못해 밤색이었다. 철필로 쓴 글씨를 또박또박 읽어드리니 할머니는 편지 읽는 소리에 눈물을 이리저리 훔쳐내셨다. '색시야 고맙다, 아들 소리 듣는 것 같다' 며 얼굴이 미소와 눈물로 범벅이 되셨다. 아마 아들은 이 세상을 떠난 것 같았다.

준비해 간 쇠고깃국을 석유곤로 불에 데워드리니 할머니는 내 손을 잡고 같이 먹자 하시며 자기 불편한 몸을 움직여 나보고 아랫목에 앉으라고 권유하셨다. 나는 안 된다고 했지만 할머니 고집을 꺾지 못했다. 모녀가 함께 맛있는 쇠고기 국밥을 먹는 것 같았다. 할머니 이마에는 땀방울이 송송 맺혔다.

독거노인 대부분이 사람의 온정을 그리워하신다. 물질적인 것도 중요하지만 역시 정신적인 도움이 더 중요할지도 모르겠다. 많은 것을 보고 듣고 말해도 구구절절한 사연 속에 숨겨둔 아픔을 어찌 다 이해할 수 있으랴. 하지만 우리가 그분들을 배려하고 마음을 나눈다면 모두가 따뜻한 시간을 보낼 수 있지 않을까 기대해본다.

수지침

매주 목요일, 복지관에서는 오후 두 시부터 무료 수지침 시술을 한다. 남녀 열 분의 침술사 선생님들은 하얀 가운을 입고 수지침 봉사 준비를 했다. 그날은 복지관 1층 로비에서는 남녀노소 40~50명의 침 맞을 사람들이 북새통을 이뤘다.

침을 맞기 전 먼저 침술사 선생님의 말씀이 있었다. 침은 폐경락과 위경락 등 문제를 유발한 해당 경락의 기를 열어주며 전체적으로 문제가 있을 때에는 고르게 평준화를 시켜준다고 했다. 흐르는 물이 썩지 않듯이 인체 내 곳곳에 기혈만 잘 통하면 암을 비롯한 그 어떤 병도 생기지 않고 암을 치료하는 것도 침의 기라 설명했다. 혈을 바로잡아 주는 것이 치료의 기본으로, 침은 바로 몸속의 막힌 기를 열어주어 부족한 기는 보태주고 넘치는 기는 덜어주는 역할을 해준다고도 설명했다. 우리 몸속에 기가 흐르다가 모이는 정거장이 바로 경혈이며 수지침은 기초적인 역할을 하는 것이라 했다.

여기저기서 침 맞을 사람들은 줄을 이어 차례로 기다리고 있었다. 멀리서 소식을 들은 경남 합천에서 온 중풍 환자(여자)는 한쪽 수족이 마비되어 손에 침을 맞고 있었다. 밤색 낡은 점퍼 차림에 손바닥과 손등에 침을 송송 꽂아 난로 열기를 쪼이고 있는 어르신도 있었다. 나는 침을 조금 일찍 꽂아 시간이 지나자 내 침을 빼서 침통에 챙겨놓았다. 그런데 옆으로 돌아보니 어르신도 침 뺄 시간이 되었는지 침 뽑아놓을 통을 옆에 놓는다.

나는 얼른 앞에 가서 물었다.

"어르신, 제가 침 뽑아드릴까요?"

"예, 침 뽑아주시면 고맙지요."

어르신의 손에서 침을 빼니 손가락에서 피가 흘렀다. 휴지로 피를 닦고 침을 소독해서 챙겨드리니 80세가 넘어 보이는 할머니 두 분이 보시고 말했다.

"새댁, 우리도 좀 뽑아줘."

새댁이라고! 깜짝 놀라 주변을 살펴봐도 나밖에 없는 것 같았다. 두 분 할머니 손에 침을 뽑아 정리해드리며,

"할머니, 다음 목요일에도 또 오세요." 하니 연신 고맙다는 인사로 고개를 끄덕이셨다. 그러자 옆에서 바라보시던 할아버지가 말했다.

"아주머니는 좋은 일을 많이 하시네. 내가 아주머니, 자판기 커피 한 잔 뽑아드릴까."

"예, 고맙습니다. 저도 봉사할 수 있는 인연을 만나 이 시간이 감사하고 즐거웠습니다."

어르신의 칭찬과 나의 감사는 이미 우리 모두에게 전염되고 중독되어 가는 마음이었는지도 모르겠다. 어르신들에게 수지침을 뽑아 준 작은 봉사에 보람을 느꼈다고나 할까, 진심으로 하루 종일 내 마음이 뿌듯하고 행복했다.

요구르트 한 병

마트에서 물건을 사다가 요구르트를 보니 지난날 할머니의 모습이 주마등처럼 스쳐간다. 지금 우리가 살아가고 있는 세상, 서로가 서로에게 얼마나 소중한 존재로 살아가고 있는지, 언제나 주는 것에 만족할 줄 아는 삶이라면 가까이 있는 사람들을 더 사랑할 수 있을 것이다.

독거노인 방문 봉사에 지칠 줄 모르고 뛰었다. 몸은 피곤했지만 내 마음의 기쁨은 언제나 배가 되었다. 주기적으로 찾아간 할머니 댁, 봉사에 대한 열정과 사랑을 나누었던 노인 봉사, 청소며 빨래가 끝나면 할머니는 작은 요구르트 한 병을 쥐어주셨다. 사양했지만 할머니는 나의 손에 꼭 쥐어주셨다.

어느 날 봉사 활동에 지친 몸으로 회원들과 함께 걸어오는데 '회장님' 하며 할머니가 내 앞을 막았다. 주춤 서니, 요구르트 한 병을 내 손에 쥐어주면서 손을 잡았다. '할머니 드세요.' 할머니가 다른 사람들까지 못 줘서 미안하다며 손가락을 입에 붙인다.

회원들과 거리 차이에 할머니는 얼른 요구르트 뚜껑을 따서 나에게 건넸다. '어서 마셔요.' 마침 나 역시 목이 말랐던 터라 작은 요구르트 한 모금은 꿀맛이었다. 나는 당연히 주민센터에서 나오는 독거노인 혜택을 빠뜨리지 않고 챙겨드렸다. 따뜻한 겨울나기, 연말 나눔에 쌀, 라면, 김장까지. 할머니의 황혼 삶은 풍요하였다. 인과응보라. 할머니 또한 부녀회를 많이 도와주셨다. 차림새는 언제나 깔끔하셨다. 요구르트도 꼭 한 개씩 챙겨주셨다.

마트에서 요구르트 한 묶음 사다 보니 할머니 생각이 났다. 흐르는 세월의 나이에 지나간 시간을 뒤돌아보니 너와 나로 만나 시작된 그 시간들이 우리로 끝나감을 알게 되었다. 나는 여기에, 우리라는 자리를 마련하고 나이 따라 버리는 것 중 빛바랜 추억만은 이곳에 담아두었다가 혼자 있는 시간이면 이곳에 들러 어제와 오늘, 내일 그 안에서 그리움으로 새겨볼 것이다.

지난날 듬뿍 베풀지 못한 나의 삶이 아쉬움으로 남는다. 아직도 늦지 않았다. 미래로 가는 나의 길은 건강과 베풂을 넘침도 모자람도 아닌, 요구르트 한 병이라도 나눌 수 있는 아름다운 삶이 되길 바란다.

작은 보람

영혼마저 빨갛게 젖을 것 같은 가을 산 단풍에는 오색의 인연들이 물들고, 은행잎에는 노란 가을 물이 뚝뚝 떨어지고 있다. 대덕산 허리에선 졸졸졸 옛 이야기가 흘러나오는데, 그리움 털며 뒹구는 낙엽에는 허허로운 삶이 묻어나고 있다.

문득 단풍잎처럼 아름답게 살고 싶다는 생각이 든다. 잡을 수 없는 세월에 나는 누구를 사랑했으며 무엇을 베풀며 지난 삶을 살았는지 자문한다.

내 나이 17세, 외가닥 머리를 길게 땋아 댕기를 접어 매고 제법 맵시 있는 처녀 티를 낼 적에 아버지는 나에게 사람답게 살려면 바른 생각을 가지고 올바른 길을 가야한다고 말씀하셨다.

결혼하여 부모, 형제, 대소가의 화목과 자녀 사랑을 위해 노력한

40여 년 세월, 모질게 얽어맨 삶의 고통의 시간엔 아버지의 그 말씀을 되새겼다. 그렇게 미워하고 사랑하는 내 모든 인연은 내 탓으로 생각하는 것이 신조가 되어 마음은 그런대로 편안했다.

1995년, 우리 집은 한옥이라 방 두 칸을 세를 놓게 되었는데 한 아저씨가 3남매를 데리고 이사를 왔다. 맏이는 아들이고 아래로 딸 둘이었다. 큰딸 영아는 직장을 다니면서 엄마 역할, 언니 노릇, 딸 노릇까지 하느라 어려운 살림하기가 여간 힘들지 않았다.

영아는 열네 살 때 엄마가 위암으로 고생하시다가 가난으로 약 한 번 제대로 못 써보고 돌아가셨다며 항상 풀이 죽어 있었다. 어느 날 저녁에 영아와 아버지가 싸우고 있었다. 딸을 보고 욕을 하기도 하고 매질도 하는 것 같았다. 이튿날 영아를 불러 물어보니 아버지가 시집을 가라 한다며 말끝을 흐렸다. 궁금하여 상세히 물었더니 아버지가 총각한테 돈을 빌려 썼는데 네가 시집을 가면 돈 갚지 않아도 된다면서 영아가 모은 돈 100만 원을 내놓든지 시집을 가든지 하라는 것이었다.

나는 영아가 너무 불쌍하고 안쓰러워 영아에게 내가 시집보내 줄 테니 걱정 말라고 했다. 그러자 영아는 돈이라고는 100만 원밖에 없는데 어떻게 시집을 가겠느냐고 하며 울었다.

나는 여러 곳을 수소문하여 맞선을 잡고 내 옷을 입혀 영아를 약속 장소에 데리고 나갔다 그런데 약속 시간이 40분 지날 쯤에 총각이 헐레벌떡 들어오며 소가 갑자기 산기를 보여 송아지를 받고 오느라 늦었다며 백배 사과를 하는 것이었다. 체구는 작지만 양해를 구하는 모습이 순박하고 당당하여 마음에 들었다. 어미 소 스물 네 마리에 송아지 여덟 마리를 키운다고 하는 모습도 성실해 보였다. 곧이어 총각 부모님과 좌석을 함께하였다.

서로 자기소개를 하자 총각 부모는 며느릿감을 아주 흡족해했다. 나는 총각 부모에게 비록 가정은 원만하지 못하고 돈도 없지만 착하고 건강하며 마음 씀씀이가 넓어 시집가면 살림 잘하고 가정이 화목할 것이라며 다른 것 보지 말고 사람 하나만 보고 결정해 줄 것을 부탁드렸다. 영아한테도 총각은 5남매 중 둘째 아들이고 젖소를 먹이니 경제는 괜찮을 것 같다고 했다. 그랬더니 영아가 시집을 가겠다고 했다. 며칠 후에 양가 어른들을 만나 내가 총각 부모에게 영아가 시집을 가는데 돈이 100만 원밖에 없으니 총각 시계, 반지, 50만 원, 양복 한 벌 그렇게 밖에 못한다 얘기했다. 그랬더니 총각이 돈을 보태주겠다고 영아를 감싸주어서 감동했다.

음력 설 15일을 남겨놓고 결혼을 준비하는데 어느날 총각 아버지가 영아를 불러 200만 원을 쥐어주며 혼수 준비에 보태라고 했다. 결혼 날짜가 임박하여 영아와 나는 정신없이 뛰어다녔다. 오빠는 전자 제품을 사줬고 전국 체육대회서 배구 금상을 받은 체육고등학교 배구 코치 여동생은 언니 시집가는 데 200만 원 보태주었다.

준비한 물건을 실어야 하는데 돈이 없어 친구와 아들이 일 마치고 잔치 바로 전 날 저녁에 한 살림 트럭에 가득 싣고 가니 총각은 오죽했으면 밤에 오냐고 했다 한다. 짐 가득 실은 트럭을 마당에 세우니 신랑 아버지는 돈 백만 원 물건이 이렇게 많으냐며 세운 트럭을 빙빙 돌아보았다고도 한다.

지금 영아는 시집가서 어른 공경하며 아들, 딸 남매를 낳아 잘 살고 있다. 설이 되면 아이들 데리고 나를 찾아와서 인사를 하고 가는데 그때마다 내 삶에 보람을 느낀다. 단풍이 오색으로 물들어 가듯 내 영혼과 세상 모든 사람들이 아름다움과 즐거움으로 채색되기를 바라며 영아도 남편과 시부모님 사랑받으며 아이들 잘 키우고 행복한 삶 되기를 바란다.

라면 한 그릇

가을은 사색의 계절이고 결실의 계절이기도 하지만 노인들에게는 외로운 계절이기도 하다. 최근 몇 년 사이에 노인들의 수가 부쩍 늘어난 것 같다. 의학이 발달하면서 수명이 늘어나고 고령화 사회로 가는 현상은 어쩔 수 없는 것 같다. 빨래터 공원으로 운동 겸 산책길을 걸었다. 행색이 남루하고 짝지(지팡이)를 짚고 있는 노인 한 분이 공원 벤치에 앉아 있었다. 삶을 놓아버린 것 같은 짠한 모습에 라면 한 그릇 생각이 났다.

지난날, 의상실을 운영할 때였다. 단체복을 주문받아 바쁜 시간이었다. 납품할 날이 다급하여 막바지에는 밤을 새웠다. 새벽에 연탄불이 가물거려 구멍가게에 착화탄을 사러 나갔다. 대문 앞에 노인 한 분이 앉아 있었다. 아직 어둠이 깔려 형체만 보였다.

“할아버지, 기온이 찬 새벽에 왜 여기 계세요?” 대답이 없다.

"집을 못 찾아서요."

덜덜 떨면서 겨우 말을 하셨다. 어른을 부축하여 가게로 모셔왔다. 따뜻한 자리에 앉혔다. 신발도 고무 슬리퍼였다. 수염은 입김에 얼었고 얼굴은 눈물로 꽁꽁 얼어 있었다. 나는 얼른 냄비에 물을 받아 난로 위에 놓고 라면과 밥 한술에 국물을 넉넉하게 해서 끓여 드렸다. 배가 고픈지 맛있게 드시더니 얼굴에 화색이 돌았다. 밤새 얼었던 얼굴에 물인지 땀인지가 줄줄 흘렀다. 얼른 수건을 드렸다. 얼굴을 닦으면서 고맙다는 인사를 여러 번 하셨다.

집이 어디냐고 물으니 작은아들 집에 왔는데 집을 못 찾았다 했다. 날이 밝았다. 어른은 문 앞에서 '이제 가겠다, 극진한 대접받고 간다' 고 하시며 두 손을 모아 여러 번 절하며 길을 떠나셨다.

노인은 큰아들과 같이 거처하던 집에서 작은아들 집에 간다고 나온 것 같은데 밤새도록 헤매다 못 찾아 우리 집 대문 앞에 쪼그리고 앉아 있었던 것 같았다. 날이 밝으니 작은아들 집을 잘 찾아가셨는지 마음이 짠했다.

옛날 속담에 호박은 늙으면 단맛이 나지만 사람은 늙으면 흉하다는 말도 있다. 노인의 모습은 초라한 모습이었다.

시간이 흘러 사흘 뒤에 노상에서 사람이 죽어 있다는 소식을 들었다. 그 노인은 아니겠지 했는데 담장 밑에서 노인이 죽었다는 소식을 듣고 내 마음이 미어졌다. 젊어서 자식 낳아 키울 때는 금이야 옥이야 키웠으나 결국 늙은 내 한 몸 의지할 곳 없어 노상 죽음이라니 인생이 허무하여 짠했다.

세 할머니

오늘은 병원에서 퇴원하는 날이었다. 지난밤은 단잠에 푹 잤는지 핸드폰 모닝콜 소리에 일어나 보니 여섯 시 반이었다. 샤워실에서 머리를 감고 대충 타월로 닦으며 나오니 같은 병실에서 지내던 세 할머니들이 우리는 새댁 가고 나면 어떻게 머리를 감느냐고 걱정을 하셨다.

82세 우양순, 77세 정숙이, 76세 최태순 모두 척추 수술 환자다. 내가 간호실에 가서 머리 감길 가운을 빌려 달라 하니 간호사 아가씨가 어머님 좋은 일 하시려다 수술한 왼손에 물 들어가면 어떻게 할 거냐고 걱정이 대단했다.

하지만 나는 즐거운 마음으로 수술한 손을 조심하며 세 할머니들의 머리를 감겨드렸다. 82세 우양순 할머니는 투박한 사투리로 "새댁 고마우이. 참말로 고마우이." 계속 되풀이하시면서 내 손을 잡고 울먹였다. 세 할머니의 반백 머리카락이 오늘따라 형광등 불빛에 유난히 반짝거렸다. 한 할머니가 갑자기 소리 내어 울자 두 할머니들도 같이 울었다. 나도 같이 울면서 할머니들 등을 다독였다.

퇴원 수속을 마치고 할머니들을 한 번씩 안아주었다. 우양순 할머니는 내 손을 잡고 놓지 않았다. "할머니들, 건강하세요." 작별 인사를 할 때도 양순 할머니는 계속 울고만 계셨다. 나도 눈시울이 뜨거워졌다. 수술 후 왼손에 깁스를 해서 오른손으로 할머니들 잔심부름을 해드린 2주간의 인연이었건만 우리는 정이 흠뻑 들고 말았다. 외로워서였을 것이다. 그토록 외로웠기에 아름다운 인연이 될 수 있었을 것이다.

짠한 마음이었지만 돌아서며 퇴원하는 내 발걸음은 한없이 가벼웠다. 내 마음 한 자락에 삶의 양식이 되었고 나의 성숙에 보탬이 되어 준 세 분 할머니들과의 고운 인연은 두고두고 추억으로 남을 것이다.

나를 찾아줘

영화를 보았다. 〈나를 찾아줘〉라는 제목이었다. 아이가 유괴범에게 잡혀 섬으로 끌려 간 사이 부모가 백방으로 찾아다니는 중이었다. 엄마는 슬픔으로 지친 날을 보내고 있었고 아이는 토굴 같은 곳에서 모진 매에 시달리고 있었다. 너무도 잔인한 장면들이 나왔다. 아이가 모진 매에 지쳐 모기 같은 소리로

"엄마, 나를 찾아줘. 나 좀 찾아줘."

하며 쓰러져 있는 장면에 문득 지난날이 생각난다.

1970년대 시동생들이 중국집 식당을 하다 내팽개쳐서 하는 수 없이 식당 운영을 내가 맡게 되었다. 엉겁결에 식당을 맡아 좌충우돌하던 중에 지인이 아홉 살 먹은 작은 남자아이를 데리고 와서 심부름도 시키고 좀 맡아 달라 했다. 너무 초라하고 어려서 불쌍한 생각

에 내가 데리고 있겠다고 했다. 밥때가 되어 아이한테 밥을 먹으라 하니 아이가 주춤거리며,

"아줌마, 나 밥 먹어도 돼요?"

"밥 안 먹고 뭘 먹으려는데?"

다른 집에서는 불어터진 우동만 먹었다고 했다. 가슴이 뭉클해졌다. 여기서는 음식으로 차별하지 않으니 어서 밥 먹으라고 했다. 아들과 같은 또래라 아들 옷 살 때 같이 옷도 사 입히고 이발까지 하고 나니 아이의 인물이 확 달라졌다.

아이의 이름은 영식이었다. 사실 영식이의 가족은 산산조각이 나 있었다. 아버지는 폐병 환자로 수용소에 있고 어머니와 누나는 가출하고 동생은 고아원에 가 있었다. 영식이가 식당으로 온 것은 함께 살던 큰어머니가 밥이라도 배부르게 먹으라고 보냈기 때문이다. 큰집도 큰아버지가 암으로 사망한 데다 빚이 있었다. 사촌들도 많아 큰어머니는 튀긴 강냉이를 양은 함지박에 담아 머리에 이고 골목을 누비며 돈이든 고물이든 닥치는 대로 받으며 가난에 찌들어 살아가고 있었다. 아홉 살짜리 아이가 애처롭고 불쌍해서 내 마음이 짠했다.

그러나 우리 집도 시부모님에 시동생들까지 있는 대가족이라 식당은 얼마 후 접게 되었다. 대신 경북대학교 옆에 상가 주택을 마련하여 대학생들을 상대로 점심만 해주는 밥장사를 시작했다. 장사는 쏠쏠했으나 점심시간에 쌀 한 말 밥이 소비되니 내 몰골이 가관이었다. 다행히 영식이가 나의 손발이 되어 열심히 도왔다. 아이가 너무 착하고 고마워서 용돈도 우리 아이들과 똑같이 주었다. 저녁에는 만

화책도 빌려와서 읽게 하고 극장도 간다 하면 우리 아들과 같이 보내고 차별 없이 키웠다.

그렇게 영식이 나이가 13세가 되었을 무렵이었다. 조금만 기다려 주면 야간 공민학교에 보내주마고 약속을 했다. 그런데 어느 날 아이가 없어졌다. 아침에 자기 방에서 나오질 않아 어디 아픈가 싶어 문을 열어 보니 아이가 보이지 않았다. 사방으로 수소문해 보았으나 찾을 수가 없었다. 영식이와의 인연은 그것으로 끝이 났다

그렇게 20년이 지난 어느 날 계모임 간다고 집을 나섰다. 집에서 10분 정도 걸어야 버스를 탈 수 있었다. 재바른 걸음으로 가는데 택시 한 대가 옆에 주춤거렸다. 내가 택시를 피하며 앞만 보고 걸으니 기사가 유리문을 내리며 죄송하지만 은주 엄마 아니냐고 물었다. 그제야 걸음을 멈추며 맞다고 하니 경북대학교 옆에 밥장사할 때 도와준 영식이라고 밝혔다. 20년의 세월이 흐른 후였다. 자세히 보니 옛날 모습이 남아 있었다. 강산이 두 번이나 바뀐 세월이었다.

그동안 나는 영식이를 까맣게 잊고 있었다. 이름마저 잊었다. 활기찬 청년 모습에 나이가 서른셋이라 했다. 나를 보자 대뜸 죄송하다고, 잘못했다고 사과부터 했다. 대학생 꼬임에 빠져 십수 년이 넘도록 돈 한 푼 못 받고 혹독한 삶을 살았다고 했다. 때로는 '아줌마, 나 좀 찾아줘요' 백번도 더 마음속으로 애원했다며 죽음을 무릅쓰고 탈출했다고 했다.

고심 끝에 대구로 와서 옛날 우리 집 식당을 찾았으나 흔적조차 찾을 수 없었다고도 했다. 영업용 택시를 몰며 언젠가는 나를 찾으리라 희망의 끈을 놓지 않았다고도 했다. 우리는 말을 잃고 눈물을

흘렸다.

“그래, 영식아. 이렇게 잘 성장하여 고맙다.”

“제가 고맙지요. 덕분에 지금은 결혼도 해서 맞벌이 부부로 잘 살고 있습니다. 아주머니까지 만나서 너무 좋아요. 이제부터는 제가 어머니처럼 모실게요.”

우리는 서로 환한 웃음을 지으며 목적지에 도착했다. 다음에는 색시도 데려와서 맛있는 음식도 대접하겠다고 하며 다시 한번 눈물을 글썽였다. 나도 연신 눈물을 닦으며 영식이의 손을 놓지 못했다.

영식이를 떠올리는 사이 영화는 끝나 스크린이 올라가고 있었다. 한순간의 잘못된 판단으로 나락으로 떨어져 ‘나 좀 찾아주세요’를 외치고 있는 주인공이 내 마음을 어지럽혔다. 영식이 때문이었다. 내가 그를 잊은 사이 지푸라기라도 잡는 심정으로 애타게 나를 찾았을 영식이를 생각하니 마음이 아팠다. 그 어린 것이 얼마나 무섭고 외로웠을까. 영식아, 고맙다. 미안하다. 명치끝에 묵직한 통증을 느끼며 극장을 나왔다.

장삼

어둠이 교차하는 우리들의 삶에서 행복한 순간을 슬기롭게 다스리는 것이 더없는 미덕이라면 불우하고 불행한 때를 잘 이겨 빛을 내는 인내 또한 실로 총명한 지혜라고 할 수 있을 것이다. 나는 누구인가. 나는 지금 어디로 가고 있는가. 내가 나를 잘 모르고 방향을 잃을 때 빛을 따라 그 어둠을 뚫고 나와 나를 만나는 것 또한 가장 빛나는 삶일 것이다.

한때 유행하던 독감으로 나는 6개월을 독감에 시달린 적이 있다. 하루에 두세 번씩 병원을 찾아 주사 맞고 약 먹고 하다 보니 몸은 쇠약해질 대로 쇠약해졌다. 음식물이 들어가면 15분 내로 화장실을 갔다. 심한 설사로 속을 다 비우는 것 같았다. 보는 이마다 나를 폐병 환자로 취급했다. 결핵 전문 병원에서 폐 사진도 찍어보았지만 아무 이상이 없었다. 양약에 질려 수양 차 산중 절 비슬산 유가사로 갔다.

주지 스님을 만나 의논을 하니 마침 요사채에 빈방이 있어 짐을 풀고 기거하기로 허락을 받았다.

절집이라는 곳을 처음 접하니 법당에 절하는 법도 몰랐다. 오전 열시, 대웅전에서 기도를 해야 한다고 공양주가 알려주었다. 나는 시키는 대로 했다. 기도 스님이라며 젊은 스님이 부처님 정진 기도를 하는데 입이 떡 벌어졌다. 얼마나 열심히 하는지 나도 같이 따라 한다고 절을 연속했더니 그날 밤 다리가 너무 아파 화장실도 엉금엉금 기어서 갔다.

사흘째 되는 날, 스님이 기도 때 입은 장삼을 보았다. 목탁을 치면서 입소리로 염불하며 절을 하는데 추운 겨울에 땀이 비 오듯이 쏟아지는 그 모습이 그제야 내 눈에 들어왔다. 장삼은 낡아서 소매 끝이 너덜너덜했다. 땀에 찌들어 색도 변하고 땀이 흐른 얼룩이 여기저기 그려졌다. 하루에 새벽 기도, 사시마지, 저녁 예불까지 그렇게 다섯 시간 입은 장삼은 항상 땀에 젖어 있었다.

너무 안타까워 조심스레 스님께 말씀드렸다.

"스님, 제가요 장삼 하나 만들어 드리면 어떨까요."

하니 스님은 놀란 표정으로

"보살님이 이 옷을 만든다고요? 안 돼요."

한마디로 거절하셨다. 아마 여염집 보살이 특이한 옷을 만들지 못한다는 생각에 거절하는 것 같았다.

다음 날 벽에 걸어놓은 장삼을 살짝 벗겨 손 뼘으로 치수를 쟀다. 나의 아픔은 간 데 없이 장삼 생각에 자동차의 시동을 걸어 집으로 왔다.

며칠 후 나는 대웅전 부처님 앞에서 스님께 장삼을 내어놓았다. 스님은 놀란 표정으로 말했다.

"보살님이 이 옷을 직접 만들었단 말이죠? 대단하십니다. 감사합니다."

주지 스님께서도 '큰 보시 하네' 속말을 흘리셨다.

그 이후로 절집 법을 조금씩 알게 되었다. 스님은 금강경 한 권을 주시면서 열심히 읽고 기도하면 몸도 마음도 건강해질 것이라고 일러주셨다. 얼마 후 기도 스님은 그곳을 떠났다.

일 년이 지난 후 기도 스님을 절에서 다시 만났다. 내 손으로 만들어준 장삼은 빛이 바래었고 꼴이 남루해졌다. 다시 장삼을 두 벌 더 만들어 드렸다. 좋은 천으로 한 벌, 기도할 때만 입고 물에 빨아서 입을 옷은 티시 천으로 만들어 드렸다. 스님은

"보살님 은혜 평생 잊지 않고 부처님에게 기도 마치는 끝에 보살님 건강기도도 잊지 않고 해드릴게요." 하셨다. 우리의 인연은 거기서 끝이 났다.

그러나 나는 지금도 금강경 독송으로 건강한 삶을 누리며 내 안의 빛이 어둠을 뚫고 올라와 가장 눈부신 빛으로 내 삶이 이어지길 바라고 있다.

순천만의 가을

인생은 좁은 골목길에서 출발하여 새로운 길을 찾아 넓은 도로를 따라 평생 위험한 질주를 한다. 오직 하나뿐인 인생길을 안전 운행하기 위해서는 전문적인 운전기사가 되어야 한다. 좁은 골목길은 내가 어른이 되어 힘든 일이 있을 때마다 인내와 용기를 얻는 정신적 지주가 되었다.

산과 나

향적봉 설산 신년 산행, 새해 첫 날 새벽 두 시에 대구에서 출발했다. 한 시간 빨리 출발하면 두 시간 이상 도착이 빨라지는 게 장거리 산행이기에 좀 피곤하고 잠을 덜 자더라도 일찍 서둘렀다.

출발하는 버스에서 산행 대장으로부터 산행 일정에 대한 간단한 설명을 듣고 부족한 수면을 채우기 시작했다. 시간이 흐른 뒤 무주 구천동 주차장에 버스가 멈추었다. 한 해의 끝 날과 새해를 맞이하는 설산은 전북 무주 덕유산이었다. 우리는 백련사를 기점으로 향적봉에 오르는 코스를 선택했다. 새벽녘의 찬바람은 어둠만큼이나 무서운 기세로 온몸을 추위로 몸서리치게 만들었다. 복장과 장비를 점검한 후 편성된 조별로 인원 파악을 한 후에 드디어 출발을 했다. 백련사를 통과하여 본격적인 등산을 시작했다.

새벽 여섯 시는 어둠이 열리는 시간이었다. 새해 아침, 하얀 눈이 소복하게 쌓인 겨울 산, 향적봉과 설천봉에는 눈이 많이 내리고 있었다. 멋진 풍광이었다. 아무도 밟지 않은 새하얀 눈 위를 상상의 세계를 그려가며 걸어갔다. 하얗게 반짝이는 설화로 단장한 향적봉의 주목과 구상나무 숲을 기대하면서 매섭게 휘몰아치는 찬바람을 뚫고 걸었다.

덕유산은 마치 히말라야의 고봉들처럼 첩첩산중으로 장쾌하게 이어진 크고 작은 연봉들이 한 폭의 동양화를 그려내는 것처럼 아름다운 산이었다.

천지가 눈이라 어디 앉을 수도 없었다. 아침은 언덕 바위 밑에 서서 먹었다. 장시간 걸음으로 몸에는 땀이 나는데 입김과 눈썹, 머리카락까지 얼어붙어 있었다. 그리고 얼마 후 끈기 있는 걸음으로 우리는 드디어 정상에 올랐다. 내리던 눈이 멈추고 파란 하늘이, 햇빛으로 빛났다. 장관이었다. 야~호~!

그러고는 배가 너무 고파 대피소에서 식사 준비를 했다. 너무 추워 가스에 불이 켜 지지 않았기에 가슴에 품었다가 목도리로 둘러싸서 불을 피웠다.

하얀 눈을 코펠에 가득 담아 끓이면 물이 됐다. 떡 라면을 넣어 보글보글 끓이니 재바른 일행은 국자로 퍼 가기 바빴다. 춥고 배고픈 데는 체면도, 학벌도, 지위도 필요 없었다. 나부터 배를 채워야 하기 때문이다. 누군가가 "그릇째로 퍼 마시는 저분이 누군가요?" 해서 한바탕 폭소가 터져 나왔다.

덕유산은 산악인들에게 네 번째로 인기가 많은 명산이며 겨울 눈꽃 산으로도 유명하다. 청량하기 그지없는 계곡과 장쾌한 능선, 전형적인 육산의 아름다움, 그리고 넓은 산자락과 만만치 않은 높이를 갖고 있으며 산 정상에는 주목과 철쭉, 원추리 군락지에 새하얀 설화가 있어 산행은 더욱 운치가 있다. 봄엔 철쭉산, 여름엔 구천동 계곡산, 가을엔 단풍산으로 알려져 있다.

내가 산을 좋아하는 이유는 간단하다. 대가족에 시달리다 어느 날 하루아침에 모든 고행이 멈춰지니 몸이 아프기 시작했다. 다친 데도 없는데 온몸이 바닥에 깔리며 잠을 잘 수가 없었다. 수족이 아팠다. 치료 방법을 몰라 혼자서 앞산을 무턱대고 걸었다. 산에서 만나는 사람들은 남녀 할 것 없이 서로 눈인사를 나눴다. 나는 또래의 여자 친구도 만났다. 산길을 걸으며 우리는 많은 대화를 나누었다. 그리고 매일 아침 앞산을 올랐다. 걷다 보니 아픈 곳은 흔적도 없이 사라졌다.

이후 우리는 전문 산악인들 모임에 가입하여 전국의 유명산을 오르기 시작했다. 당시만 하더라도 여자 산악인은 거의 없었다. 어쩌다 여대생들이 한두 명 있을 뿐이었다. 지리산 천왕봉 정상에 올랐을 때였다. 해발 1,915미터였다.

여대생들이 우리를 향해 "아줌마 따봉!" 하고 외쳤다. 메아리는 온 산을 흔들었다. 나는 건강을 되찾으며 스무 곳의 명산을 다 올랐다. 그리고 지금도 산이 좋다.

어느덧 푸른 하늘에 두둥실 떠 있는 구름들이 바람을 타고 유유히 흐르고 있었다. 향적봉이 있는 해발 1,614미터의 덕유산은 덕이 많고 너그러운 모산母山이라 하여 '덕유산' 이라는 이름이 붙었다고 했다. 그날 나는 백색의 눈꽃을 바라보며 상고대의 아름다운 설산을 만끽했다. 사진 몇 장 찍고 양지바른 곳, 눈 녹은 나뭇가지에 꽃눈이 맺힌 것을 보면서 봄은 머지않아 올 것임을 예감하기도 했다. 하산하는 길은 앉은 채로 거의 썰매 타기 하듯이 내려왔다.

자장암에서

"오늘 산행지는 경북 포항시 남구 오천읍 오어사입니다. 오어사의 유래는 신라 진평왕 때~"

그곳은 고승 원효 대사와 해공 스님이 수도를 하다가 개천의 고기를 생환토록 시합을 하였는데 두 마리 중 한 마리가 살아서 헤엄을 치자 이때 살아 움직이는 고기가 서로 자신이 살린 고기라 하여 이때부터 오어사로 개명되었다고 했다.

천년 고찰인 오어사를 둘러본 뒤 참배를 마치고 절 마당에서 암벽산을 바라보는 순간 나는 놀랐다. 청명한 하늘 사이로 암벽 꼭대기에 암자가 보였다. 자장암이라 했다. 오어사에 속한 암자들은 자장암, 해공암, 원효암, 의상암 등이 있었는데 현재는 자장암과 원효암만이 존속하고 있다고 했다.

오어사에서 본 자장암 모습(왼쪽이 관음전, 오른쪽은 설법전)은 아찔했다. 험준한 암벽 위에 어떻게 건물을 세울 수 있었을까, 궁금하여 나는 자장암을 향하여 험한 산길을 걸었다. 그렇게 땀을 흘리며 쉬어가며 자장암에 도착했다.

자장암은 신라 진평왕 즉위 시인 서기 578년경에 자장율사와 의상조사가 수도할 때 오어사와 함께 창건된 암자다. 운제산 정상의 기운이 동남간 방향으로 급히 굽이치듯 내려왔는데 그 모습이 마치 용이 여의주를 물고 승천하듯 우측으로 휘감아서 오르내려 수천 척의 절벽을 이루는 봉우리가 생겼고 그리하여 일명 천자봉이라 부른다는 전설도 있다.

산과 계곡이 너무 험준하였기에 기도하는 스님들은 늘 구름을 사다리 삼아 서로 왕래하였으므로 산 이름을 운제산으로 부르게 되었다고 한다. 자장율사가 선덕여왕을 도와 운제산 정상인 대왕바위와 이곳 자장암에서 삼국통일을 기원하는 기도를 올렸다 하여 지금도 신라 천년의 관음 기도 도량으로서 불자들의 기도가 끊임없이 이어지고 있는 곳이기도 했다. 특히 자장암에서 내려다보이는 오어지는 오어사를 감싸 안은 큰 호수로 항상 만수가 되어 도량이 풍부함을 느끼게 했다.

나는 자장암 설법전에서 부처님께 참배하며 나직하게 읊조렸다.

"부처님, 오늘 인연 감사합니다. 제가 다시는 이곳에 못 옵니다. 나이가 많아서요."

마지막으로 인사하고 밖으로 나와 감회에 젖은 눈으로 도량을 둘러보았다. 관음전에는 많은 신도들이 스님의 법문을 듣고 있었다. 나는 일행들에게 조용히 사진 촬영을 권유했다.

자장암에서 내려다본 오어사와 계곡의 경치는 압권이었다. 첩첩이 두른 근방 산악의 마루금은 물론 연못을 향해 굽이굽이 흘러드는 계곡물이 한눈에 들어왔다. 그 물가와 숲에 살포시 가린 오어사 당우의 지붕을 절벽 위에서 바라보니 선경에 빨려 들어가는 것 같았다. 1,400년 고찰 자장암 경관을 꼼꼼히 둘러보며 사진도 몇 컷 찍었다. 그러고는 내려오는 가파른 길을 조심하며 하산했다.

코로나와 남이섬

코로나 사태가 잠시 주춤해진 2020년 5월, 여행팀 일곱 명이 가평 남이섬으로 떠났다. 1박 2일 코스였다. 일곱 명 중 남이섬을 안 가본 사람도 없지만 섬 안에서 묵은 적이 있는 사람도 없었다. 육지에서 배를 타고 급하게 왔다가 배 시간에 맞춰 섬을 빠져 나간 것이 전부였다. 섬의 속살을 본 적이 없었던 것이다. 우리는 이번 기회에 남이섬의 속살이 보고 싶었다. 깨끗한 펜션을 숙소로 잡았다.

숙소에 짐을 풀기 무섭게 우리는 밖을 나갔다. 남이섬은 본래 홍수 때만 섬이 됐지만 1944년 청평댐의 건설로 북한강 수위가 상승하면서 완전한 섬이 되었다. 앞섬이라는 뜻의 남섬으로 불렸던 남이섬 지명의 유래는 남이섬 북쪽 언덕의 돌무더기에 쓰여 있었다. 조선 초기의 무장인 남이南怡장군과 관련된 이야기였다.

남이는 태종 이방원의 넷째 딸의 손자이니 이방원의 외증손이 되는 사람이었다. 왕손으로는 드물게, 그것도 17세의 나이에 무과에 급제해 '이시애의 반란' 을 진압했다. 여진족을 몰아내는 데 큰 공을 세워 외삼촌 되는 세조의 총애를 한몸에 받았던 인물이기도 했다. 26세에 병조판서가 되었으니 세조의 신임과 총애가 어느 정도였는지 알만하지 않은가?

인물이 출중하면 주변에서 시기하는 사람이 들끓기 마련이다. 당시 세자였던 예종이 바로 그런 사람이었다. 예종은 세자 시절부터 아버지의 총애를 받는 남이장군을 좋아하지 않았다. 남이장군 또한 어릴 때부터 기가 센 편이라 궁중에 드나들며 사촌 간이었던 세자와 자주 싸웠다고 한다.

남이가 병조판서가 되던 그 이듬해 그를 총애하던 세조가 죽고 예종이 즉위하면서 비극은 시작됐다. 두 사람 사이가 좋지 않다는 것을 잘 알고 있었던 천하의 간신 유자광이 새 임금의 신임을 받고자 남이판서를 헐뜯기 시작한 것이다. 남이장군이 이시애의 난을 평정하고 회군할 때 지은 시詩가 발단이 되었다.

白頭山石 摩刀盡 – 백두산 돌은 칼 갈아 다하고,

頭滿江水 飮馬無 – 두만강 물은 말 먹여 없애리.

男兒二十 未平國 – 남아 스물에 나라를 평정치 못하면,

後世誰稱 大丈夫 – 후세에 그 누가 대장부라 하리오.

희대의 간신 유자광은 남이가 지은 시구 중 '나라를 평정하지 못

하면' 이라는 '未平國' 을 '나라를 얻지 못하면' 이라는 '未得國' 으로 고쳐 예종의 마음을 흔들었다. 남이는 곧 역적으로 몰려 참혹한 죽음을 당했다.

그로부터 600여 년이 지난 2006년 3월 1일. 50대 초반의 산업디자이너 강우현은 남이섬을 '나미나라 공화국' 으로 선포했다. 나미나라 공화국은 꿈과 동화가 있는 이 세상 유일무이한 상상공화국이다. 그는 말했다.

나는 하찮은 것이 좋다.
시시한 것은 더욱 좋다.
아무도 관심을 두지 않는 것들.
흘러가는 바람에 뒹구는 낙엽조각 같은 것.
빈 소주병 속에 몰래 숨어있는 부러진 이쑤시개 같은 것.
누군가를 이유 없이 골려주고 싶은 어린애 같은 장난기 같은 것.

그 '시시함과 하찮음' 이 나미나라 공화국의 입장권이라고 그는 말했다. 강우현의 반란은 21세기 문화 코드가 되었다. 13만 평 부지를 일구어 '세계책나라축제' 를 개최하는가 하면 남이장군을 기려 100인의 장군상을 세웠다. 전시관, 공연장, 문화 체험관뿐 아니라 공예원, 환경 학교, 허브 나라까지 상상 가능한 모든 문화시설을 예쁘고 세련되게 디자인했다. 북한강에 떠 있는 반달 같은 남이섬이 과거와 현재를 잇는 다리가 된 것이다.

해가 저물고 사람들이 떠난 남이섬은 놀라울 만큼 적막했다. 다행히 눈앞이 깜깜하진 않았다. 잣나무 길 위로 설치된 풍선 모양의 조명들이 새하얀 불을 밝혀준 덕분이다. 조명이 비치는 길을 따라 걷다 보니 적막한 공기가 오히려 편안하게 느껴지기 시작했다. 섬 전체를 가득 메운 침묵은 그 어떤 소리보다도 풍요롭고 안온했다. 숙소로 들어와 펜션에서 바비큐를 안주 삼아 함께한 술 한 잔은 숙면에 들게 했다.

다음날에도 새벽 다섯 시에 일어나 남이섬 전체를 한 바퀴 돌았다. 강은 물안개로 덮여 있었고 우리는 환상 속의 별천지에 와 있는 것 같았다. 청정한 자연에서 다람쥐는 뛰어다니고, 토끼는 풀을 뜯고, 이름 모르는 새소리는 낙원을 연상케 했다. 남이섬의 상징이 되어버린 메타세쿼이아 길과 강물을 가르는 수상스키는 일품이었다. 나는 마음을 비우고 자연의 모습으로 태초부터 이어져 온 식물들을 열심히 카메라에 담았다. 코로나 사태로 춘래불사춘春來不似春이라지만 남이섬 여행은 오래도록 잊지 못할 추억이 될 것이었다. 우리는 다시 마스크를 쓰고 집으로 향하는 배에 올랐다.

쁘띠 프랑스

쁘띠 프랑스. 이름도 예쁘다. 작은 프랑스라는 뜻이다. 경기도 가평에 있는 쁘띠 프랑스를 방문했다. 노랑, 초록, 파랑 지붕이 옹기종기 모여 있는, 이국적인 분위기가 물씬 풍기는 곳이었다.

주차장에서 쁘띠 프랑스 입구로 향하는 길 앞. 멀리 청평호와 함께 작은 마을 쁘띠 프랑스가 액자 속 그림처럼 잡혔다. 매표소를 지나 펼쳐지는 풍경에서 작은 감탄사가 흘러나왔다. 가평 쁘띠 프랑스는 이름 그대로 작고 앙증맞은 마을로, 거제도의 명물인 외도를 설계한 건축가의 작품이라고 했다. 방사형으로 뻗어나간 작은 길을 따라가니 분수가 있는 광장도 있어 프랑스에 온 듯한 착각이 들 정도였다. 어린 왕자를 콘셉트로 지어진 만큼 곳곳에는 어린 왕자와 관련된 아기자기한 조형물이 세워져 있었다.

뻐띠 프랑스 설립자에 의하면, 프랑스의 아름다운 문화를 소개하자는 취지로 약 20년 동안 준비한 끝에 쁘띠 프랑스가 탄생하게 됐다고 한다. 유럽과 프랑스, 낭만의 고장에서 매력적인 것을 한데 모으려니 얼마나 고민했을까, 작은 감탄사가 흘러나왔다. 이국적 분위기라고 표현하는 것이 틀린 것은 아니지만 우리네 정서와는 다른 정서가 감돌았다. 다른 세상이라고 하면 더 적당하겠다. 편안하지만 평소 생각해오던 편안함과는 달랐기 때문이다.

공원 전반에 걸쳐 하나의 주제가 관통하고 있었다. 생텍쥐페리의 소설『어린 왕자』. 단순히 어린 왕자 캐릭터를 곳곳에 배치한 수준이 아니었다. 프랑스에 있을 법한 전원 마을을 배경으로 아이, 어른 할 것 없이 순수한 호기심을 마음껏 드러내 보이는 사람들의 표정에 어린 왕자가 담겨 있었다. 사람들은 유럽의 낭만과 여유라는 특별한 매력과 그 이상의 의미가 담긴 시간을 보내고 있었다. 나는 계단과 골목을 걸으며 쁘띠 프랑스를 덮고 있는 색감에 감탄, 또 감탄했다. 서서히 녹색이 태동하는 숲 한가운데, 봄과 어울리는 파스텔 톤 프랑스 마을을 걷고 있자니 발걸음마다 추억이 돋고 유럽의 낭만이 이런 건가 싶기도 했다.

그때 사람들이 한데 모여 무엇을 구경하고 있었다. 손가락과 인형을 실로 연결한 코믹한 공연이 진행 중이었다. '프랑스' 하면 떠오르는 것이 아름다움과 예술 아니던가. 중세 시대 유럽의 복식이 드러난 인형을 통해 아름다움을 담으려 했던 그들의 정신이 느껴졌다. 또한 여러 동화를 통해 접했던 등장인물이 떠오르는 인형들도 눈에 띄었다. 모두들 동심으로 인형극을 즐기는 모습이 보기만 해도 흐뭇

한 풍경이다.

인형극이 펼쳐진 곳 뒤편에는 '갤러리' 라는 작은 간판이 걸려 있었다. 사랑이 이뤄진다는 나무 그물과 갤러리. 내부로 들어가면 프랑스의 고전 문화를 느낄 수 있는 다양한 작품을 만날 수 있었다.

프랑스의 옛 생활을 짐작할 수 있는 실제 가구들도 놓칠 수 없는 볼거리였다. 한쪽 벽면을 장식한 접시들을 하나하나 살펴보니 무늬와 색깔에서 프랑스 귀족의 취향이 어떠했는지 상상해 볼 수 있었다. 프랑스 전통 주택의 한 가정이 떠오르기도 했다.

열쇠가 매달린 나무를 지나 프랑스 전통주택관으로 가보았다. 쁘띠 프랑스가 자랑하는 건축물 중 하나였다. 약 150년 전의 목재 기둥, 기와, 바닥재 등을 그대로 재사용한 고택으로, 외관과 내부에서 배울 점이 많은 건물이었다. 한옥과 비슷한 형태를 띠는 것도 있었는데, 대들보와 서까래처럼 보이는 내부 목재가 그랬다. 또 목재와 목재의 연결된 부분이 한옥처럼 맞물려서 결합되어 있었다. 건물과 아기자기하게 꾸며놓은 골목들이 다양한 동선으로 엮였고 왔던 길도 반대로 다시 돌아가 보면 보지 못했던 풍경에서 색다른 맛을 찾을 수 있었다. 구석구석에 뻗은 길을 놓치지 않는 것이 쁘띠 프랑스를 제대로 맛볼 수 있는 방법이었다.

여행팀은 파스텔 톤 건물의 시원한 테라스에 자리를 잡고 앉았다. 아이스크림을 먹으며 청평호를 바라봤다. 쁘띠 프랑스에서 추억 한 아름을 실었다.

법기수원지에서

마스크 벗고 어디라도 나가고 싶은 답답한 날들의 연속이었다. 봄이 오는지 가는지, 신종 코로나 19 바이러스 감염증에 온통 정신이 팔린 사이 남녘의 매화는 이미 절정을 지나고 있었다. 코로나 기세가 누그러질 때까지 올해 봄꽃은 조금 더디 피었으면 좋으련만 꽃은 한 치도 물러서지 않고 피고 지고 계절을 따라 흐르고 있었다.

바람이나 쏘이려고 친구들과 경남 양산으로 출발했다. 우리가 간 곳은 법기수원지였다. 일제강점기에 만들어져서 지금도 부산 시민들의 식수원으로 활용되고 있다고 한다. 수원지 내부에는 침엽수림이 식재되어 있어 절경을 이루고 있었다. 한동안은 상수원 보호구역으로 지정되어 마음대로 드나들 수 없었지만 지금은 시민들에게 개방되어 푸른 녹음과 호젓한 수원지를 마음껏 즐길 수 있게 되었다 한다. 코로나19로 사회적 거리두기를 실천했더니 숲과 물이 다시 회복되었다고도 했다. 상수원 보호를 위해 출입을 제한했던 기간 동안 자연 생태계가 보호될 수 있었기 때문에 지금은 천연기념물인 원앙도 볼 수 있고, 수십 년이 된 반송나무가 빚어내는 절경의 운치마저 배가 되었다 한다.

법기수원지 개발 당시에 심어놓은 나무들은 80년을 지나면서 거대한 숲을 만들었다. 피톤치드가 가장 많이 나온다는 편백나무 숲도 있었다. 정확하게 줄 맞춰 심어놓은 모습에 오히려 더 정감이 들었는지도 모르겠다.

댐 마루로 오르는 계단에는 띠와 개망초가 하얗게 사면을 덮고 있었다. 124계단을 올라야만 만날 수 있는 수원지로 오르니 멋진 반송이 우리를 반겼다. 법기 소나무는 수령이 130여 년 된 반송으로, 댐 마루에 칠 형제 반송 일곱 그루가 있다. 이 반송 일곱 그루는 댐 건설 당시 성인 20명이 댐 위로 옮겨 심었다 한다. 심을 당시에도 벌써 나무의 수령이 50년 이상 된 것이었다 한다.

아름다운 자태를 하고 있는 소나무도 꽃을 피우고 있었다. 여름이 왔음을 실감했다. 울창한 숲과 자연 생태계가 잘 보존되어 전국 최고의 수질을 자랑하는 법기수원지가 있는 법기마을은 식물과 함께하는 다양한 체험으로 자연이 인간에게 주는 이로움과 환경의 소중함을 깨닫게 해주는 자연 생태 체험 학습장이었다.

수원지의 면적은 그리 크지 않다. 6.85제곱킬로미터에 1,507톤의 저수량을 가진 중소규모 댐이다. 제방 높이는 21.2미터로 지금도 상수원의 역할을 하고 있다. 법기수원지는 1927년에 착공하여 5년여의 공사 기간을 거쳐 완공된 수원지로 부산의 금정구 선두동 등에 식수를 공급하며 범어사 정수장의 원수 공급원이기도 하다.

양산에서도 골짜기를 한참이나 들어가야 만날 수 있는 법기수원지는 일제강점기 총독부의 관리하에 설계되고 건설되었다. 이 수원지를 만들 때는 많은 한국 사람들이 고생을 했다고 한다. 마을 또한 임진왜란 때 피난을 온 사람들에 의해 생겨나게 되었다 하니 우리의 아프고 쓰린 역사의 단면이라고도 할 수 있다.

우리는 법기수원지 끝머리쯤에서 커피를 한 잔 하기로 했다. 이름도 예사롭지 않은 '해바라기 카페' 였다. 동화 속 집 같은데다 푸른 잔디와 야생화들이 우리를 반겼다. 건물 또한 모두 나무로 되어 있어 고풍스러웠다. 잔디밭이 있는 주택을 개조한 카페라 했다. 내부도 마찬가지로 나무와 황토로 만들어져 친환경 카페를 지향하고 있었다.

우리는 테라스에 자리를 잡았다. 유럽의 어느 시골에 온 듯한 느낌이었다. 커피와 아포가토와 와플을 시켰다. 코로나는 거기까지도 따라와서 우리는 마스크를 썼다가 벗었다가 하며 커피를 마셨다. 우리는 과연 코로나 이전으로 돌아갈 수 있을까. 누구도 알 수 없는 일이었다. 그러나 그날은 아름다운 법기 수원지에서 코로나를 잠시 잊고 왔다.

한밤마을 돌담길

경북 군위군 한밤마을을 방문했다. 전통 가옥들과 잘 어울리는 꼬불꼬불한 예스러운 골목길을 따라 우리는 한참 동안 걸었다. 돌담은 정교하게 쌓여 오랜 역사의 흔적이 그대로 보존되어 있었다. 야생 이끼가 돌마다 끼어 있고 담쟁이 넝쿨이 담을 뒤덮어 자연 그대로의 모습을 보여주었다. 좁고 길게 이어진 골목길을 돌다가 잠시 길을 잃었으나 계속 걷다 보니 처음 들어갔던 도로가 우리를 반겨주었다.

마을 초입에 들어서자마자 꼬불꼬불한 돌담과 함께 호두나무의 푸른 열매가 발길을 멈추게 했다. 마을의 역사가 곧 우리 민족의 역사를 말하는 듯했다. 안으로 들어서자 아기자기한 돌담길이 펼쳐졌다. 담을 이룬 돌들은 작게는 지름이 10센티미터 정도 되는 주먹돌부터 크게는 80센티미터 정도의 호박돌까지 다양했다. 마을 초입에 있는 돌담 높이는 150~170센티미터 정도밖에 되지 않았다.

한밤마을은 천 년을 이어온 전통 마을이다. 조용한 이 마을은 꼬불꼬불한 낮은 돌담 길이 이색적인 곳이다. 고려 중기 재상을 지낸 부림 홍씨 입양조인 홍란이라는 선비가 이주해 오면서 마을 이름을 대야大夜라 불렀으나 이후 밤 야夜 자 대신 대율大栗로 고쳐 부르게 되어 대율리 한밤마을로 불리게 되었다.

마을이 형성되면서 집을 지을 터를 닦을 때 땅 밑에서 파낸 많은 돌을 처리하기 위해서 그 돌로 땅의 경계를 삼은 것이 돌담의 시초였다. 수백 년이 된 전통 가옥들이 온통 돌담으로 되어 있었다. 집집마다 경계를 이루고 있는 돌담들은 집을 구분 짓는 벽이라기보다 집 사이로 난 미로 같았다. 4킬로미터에 이르는 한밤마을의 돌담길은 마을 주민들 스스로가 세대를 이어가며 만든 것으로, 우리 민족의 미적 감각과 향토적 서정성이 고스란히 담겨 있다.

문화재청과 한국관광공사에서 조사한 돌담길 중 전국에서 가장 아름다운 돌담길로도 평가받고 있다. 돌담은 꾸밈없이 투박했다. 초여름이라 푸른 이끼가 끼어 있었는데 돌담의 높이는 사람 어깨 정도에서 높게는 3~4미터에 이르기도 했다. 호박 넝쿨이 쑥쑥 자라며 귀찮게 해도 이에 아랑곳하지 않고 그대로 안아주는 돌담에서 포근함까지 느껴졌다. 돌담 말고는 다른 길이 없는 그곳, 우리는 잠시 옛것에 심취되어 삶의 염려와 근심을 잊었다.

문득 어린 시절 내가 자랐던 시골 동네의 골목길이 생각났다. 좁고 긴 골목 사이를 뛰어다니며 숨바꼭질도 하고, 어깨동무도 하고 다니던 길 같았다. 골목길은 내 인생의 출발점이었다. 좁은 골목을 나서면 더 큰 길이 나오듯 내 마음도 좁은 골목을 벗어나면 더 넓은 길이 있으리라 믿었다. '뜻이 있는 곳에 길이 있다'는 서양 속담처럼.

인생은 좁은 골목길에서 출발하여 새로운 길을 찾아 넓은 도로를 따라 평생 위험한 질주를 한다. 오직 하나뿐인 인생길을 안전 운행하기 위해서는 전문적인 운전기사가 되어야 한다. 좁은 골목길은 내가 어른이 되어 힘든 일이 있을 때마다 인내와 용기를 얻는 정신적 지주가 되었다.

때마침 한 부인을 만났다. 부림 홍씨의 집성촌인 한밤마을에서 가장 규모가 큰 집의 막내며느리라 했다. 고택 구경하러 들어서니 매실차 한 잔 대접에, 바깥주인이 그 집은 '쌍백당'이라고 불리며 300년 전에 홍우태 선생의 살림집으로 세웠다고 설명했다. 부모님은 돌아가시고 부부가 거주한다며 가옥 구조도 해설하고 조상들 이야기도 들려주었다.

안주인 상매댁은 열네 살 때 이 댁에 시집온 할머니였다. 친정은 칠곡군 왜관읍 매원리였다. 할머니가 시집온 후 '남천 고택'이란 무거운 이름보다는 종부의 택호를 딴 '상매댁'이 훨씬 정겹다고 하여 가옥을 그렇게 부르기도 했다고 한다.

눈을 돌려보니 집 옆에는 사당도 있고 300년을 넘긴 키 큰 잣나무도 있다. 나무는 병이 들어 쇠기둥으로 받쳐 놓았다. 세월 이길 장사가 어디 있겠는가.

나무는 이 마을의 전설과 역사를 온몸으로 끌어안은 채 주인의 해설에 귀 기울이는 것 같았다. 매실차를 마시며 우리는 잠시 세월의 흐름을 느껴보았다. 어느덧 해는 지고 우리는 한밤마을 돌담 옛길을 뒤로한 채 자동차의 시동을 걸었다.

백록담을 오르다

자연은 계절 따라 아름답다. 오월의 싱그러움이 나를 부른다. 고향 친구 모임에서 제주도 한라산을 등반하기로 했다. 제주공항에 내리니 우리를 태울 렌터카가 대기하고 있었다. 콘도, 여행지, 모든 준비는 사전에 예약해 놓았기에 시간에 맞추어 진행되었다.

여행은 변수라고 했던가. 성산 일출봉에 갔을 때였다. 내려오는 길에 한 친구의 손짓에 따라 산모롱이로 갔다. 아늑한 장소에서 해녀가 갓 물질해서 따온 해삼과 멍게를 먹었다. 술잔은 소라 껍데기였다. 소라 껍데기 안으로 들어갔던 술이 다시 쪼르르 나오는 것이 재미있어 술이라면 쳐다보지도 않던 K까지도 저 술은 나도 한잔 해야겠다 하여 박장대소를 했다.

숙소로 돌아와 내일 산행에 점심을 어떻게 해야 하나 생각하다가 매점에 가서 구운 김을 샀다. 밥을 해서 작은 김 조각에 밥 한술 놓고 김치 한 조각 넣어 손으로 주먹밥을 만들어 일회용 도시락에 싸고 나니 시간은 새벽 한 시가 넘었다. 친구는 컵라면을 사면 된다고 했지만, 라면 먹고 태산을 주력해 오를 힘이 안 된다고 내가 고집했다. 자는 둥 마는 둥 새벽 세 시 반에 우리를 태워갈 차가 도착했다. 모두 기상시켜 성판악에 도착하니 새벽 다섯 시였다. 한라산 등반에는 많은 코스가 있지만 가장 많이 찾는 곳은 성판악 코스다. 긴 거리지만 상대적으로 덜 험한 코스라 우리에게는 용이했다. 육산 길로 올라가면 백록담을 만날 수 있었다.

성판악에서 속밭 대피소까지는 산책로 같은 길이 이어졌다. 연두색 옷으로 봄단장한 나무와 새잎들이 햇살에 반짝이며 우리를 안내했다. 길 양 옆으로는 조릿대가 빽빽했다. 끝이 보이지 않는 산길이라 한 시간 남짓 올랐나 했는데, 해발 1천 미터 표석이 있었다. 사방을 둘러봐도 보이는 건 조릿대와 나무숲이었다.

10년 전에 나는 한라산 백록담 정상을 오른 적이 있었다. 성판악으로 오르는 길에는 예전에 눈 익혀두었던 산죽의 모습이 여전했다. 길 곳곳에 이어져 있던 오래된 나뭇가지들이 넝쿨처럼 얽혀 있는 모습도 변함없이 그대로였다. 시간의 기억들을 고스란히 품고 있는 성판악의 계단 위를 오르는 사이 눈에 익숙한 진달래 대피소에 다다랐다.

잠시 쉬면서 예쁜 꽃도 사진에 담고 기념 사진도 찍었다. 휴식을 뒤로하고 곧 바로 백록담을 향해 올라갔다. 저기서부터는 힘든 코스였다. 체력도 많이 떨어진 데다 경사도 심해지고 길도 험했다. K가

못 가겠다고 주저앉았다. 일행 모두가 자기 한 몸도 겨우 추슬러 걷고 있는 터라 남을 도울 힘이 없었다. 일행에게 각자 걸음대로 가라 하고 내가 뒤처진 K와 속도를 맞추었다. 친구 배낭 속에 있는 짐을 내 배낭에 옮겨 내가 지고 K와 세 발자국 걷고 쉬기를 반복하니 경치도 시야도 넓어졌다. 해발이 높아 큰 나무들도 오랜 세월에 고사목이 되어 바람에 넘어져 여기저기 쓰러져 있었다. 탁 트인 시야는 바다가 내려다보이고, 오밀조밀하게 서로 벗한 듯 다정하게 솟아오른 오름들은 평화롭고 고즈넉한 오름 나들이와는 다른 맛을 느끼게 했다.

이어지는 계단 위의 날씨는 청명했다. 이마를 스치는 고지의 바람은 차가운 바람이었다. 한 계단씩 밟고 오른 우리는 오전 열한 시경이 되어서야 백록담에 우뚝 섰다. 후우~ 가쁜 숨 돌리며 마지막 계단을 밟고 내려다보는 백록담에는 물이 없었다. 백록담은 제주 할망이 지니고 있는 전설처럼 비가 내려야 물이 고이는 화산섬이다. 백록담에 물은 없어도 내려다보는 제주 시내의 모습은 너무 아름다웠다. 해발 1,950미터로 1,800여 종의 식물들이 살고 있는 울창한 자연림이 발아래 펼쳐진다. 광활한 모습이었다. 배가 너무 고팠기에 김밥 도시락으로 먹는 점심은 어느 분위기 우아한 음식점에서의 맛과는 비교할 수 없을 만큼 꿀맛이었다.

물론 바람은 차가웠다. 우리는 오래 머물 수 없었다. 관음사로 향하는 하산 길에선 늘어선 주목과 고사목이 아름다운 은백색의 숲길을 열어주었다. 따스한 햇살이 반짝거리며 착시 현상을 만들어내고 있었다. 우리는 끝없이 이어지는 숲길로 하산했다. 내려오는 시간도

네 시간 이상 걸렸다. 열 시간이 넘는 산행에다 돌길이라 무릎이 저절로 꺾였다. 지난 밤 선잠에, 무리한 산행에, 내려오는 길은 험악했다. 결국 산꾼들 쉬어가는 마루 평상에서 그만 내가 뻗어버렸다.

친구들은 오후 여섯 시 비행기로 대구를 가야 하는데 내가 도저히 못 갈 것 같아 비행기 시간을 내일로 미루었다 했다. 제주 시내로 내려와 친구들이 백지장 같은 내 얼굴을 보고 놀라며 곧장 찜질방으로 갔다. 거기서 대충 석식을 때우고 돌아와 나는 이층 침대에서 정신없이 잠을 잤다. 다음날 아침에 일어나니 거뜬했다. 밖으로 나오니 친구들이 이제 화색이 돈다며 밤새 걱정 많이 했다고 말했한다. 얼마나 미안하던지. 그 날을 추억하며 일행에게 고마운 마음을 전한다.

지리산 노고단

7월 말에서 8월 초에 오전 여덟 시 반까지만 개방한다는 지리산 노고단. 아무 때나 볼 수 없다는 지리산 노고단의 해돋이와 야생화를 사진에 담기 위해 사진 동아리 팀은 야밤중에 승용차로 떠났다. 밤이라서 어디가 어딘지 가늠이 되지 않았다. 계곡이 가까이 있는 듯하여 회원 한 사람에게 물으니 뱀사골 계곡 옆길로 오르고 있다 했다.

자연은 정적 속에 잠을 자고 있는지 고요했다. 전국에서 수많은 차들과 사진작가와 야영객들이 모여들고 있었다. 차창 밖으로 하늘을 바라보니 무수히 많은 별들이 반짝이고, 전설의 고향에서 늑대가 나올 때 떠 있던 달도 보였다. 한쪽 귀퉁이가 이지러져 음산한 분위기를 풍기고 있는 달이었다. 그러다보니 어느덧 성삼재 휴게소 주차장에 도착했다.

해발 1,090미터. 랜턴에 불을 켜고 가려 했는데 새벽 달빛이 제법 환하게 비춰줘서 넓고 깨끗한 산책길을 오르기 시작했다. 새벽의 싱그러움과 함께 마음까지 맑아졌다. 산길을 같이 오르는 젊은 부부는 4명의 가족이 새벽 산행을 하고 있었다. 아기는 아빠가 업고, 엄마는 배낭을 메고, 한 손에는 큰아이의 손을 잡고 있다. 산행 길을 오르는데 따라가는 아이의 뒷모습이 사랑스럽고 보기 좋았다.

뒤돌아보니 야간 산행자들의 머리에 랜턴 불빛이 반딧불이 행진하는 듯 보여서 아름다웠다. 노고단 야생화 군락지는 개방 시간이 정해져 있어서 빨리 가야 된다고 했다. 풀잎과 나뭇잎들이 엄숙한 자연의 고요 속에 이슬로 듬뿍 목욕을 하고 있는 모습이 달빛과 어울려서 우리들의 마음을 행복감에 젖게 했다. 진초록의 이슬을 함빡 받고 있는 넓은 초원. 이토록 아름다운 광경이 또 있을까. 어느덧 노고단 정상에 도착했다. 태양이 떠오르기 전 하늘 풍경도 감동이었다.

잠시 자연 풍경을 돌아봤다. 노고단의 그 유명한 운해는 정말 환상이었다. 그 많은 인파 속에서도 어떤 아저씨는 한 자리를 차지한 채 기체조를 열심히 하고 있었다. 그 떳떳한 용기가 부럽다. 이곳저곳 멋진 풍경을 카메라에 담으려는 사람들! 비싼 카메라를 목에 걸고서 들고 온 삼각대를 세워 놓고 사진을 찍느라 여기저기 바빴다. 야생화를 촬영하기 위해 꽃에 몸을 맞추려 온몸을 이리저리 비틀어대는 모습도 우스웠다. 머리라도 한 대 툭 치고 싶은 충동이 일어났다.

새벽 산에는 청량한 푸름이 있었다. 노고단의 구름 풍경은 검은색이 조금 첨가된 연한 회색을 하고 있어 좀 더 건강해 보였다. 양 떼 모양을 하고 있는 구름바다. 그 아래로 넓은 초원을 이루고 있는 야생초와 꽃들의 모습을 가슴 가득 담고 있는데 사람들의 환호성 소리가 들려서 뒤돌아보니 태양이 떠오르고 있었다. 빼꼼히 머리를 내보이더니 진홍색의 처절한 아름다움을 발산하며 서서히 떠올랐다. 자연의 조화 속에 저토록 아름다운 색이 또 있을까? 사진을 담기 위해 작가들은 온몸을 이리저리 비틀어댔다. 내 평생 처음으로 환상적인 해돋이를 보았다.

하산 길에 힘들어하는 작가들과 함께 있으니 나도 다리가 아파왔다. 두고 온 야생화를 다시 카메라에 담고 싶어지기도 했다. 배터리 충전이 모자라 몇 컷만 찍었기 때문이다. 친구의 카메라를 빌려 찍기도 했다. 어느덧 붉은 태양이 중천에 떠오르고 있었다. 새벽 산행에 지친 우리들은 하산 길을 거쳐 다시 성삼재 주차장으로 내려왔다.

함백산 동행

인생은 장거리 여행과 같다. 가슴 속에 인연과 지혜, 배려를 소유하는 사람은 저마다 길 하나씩을 내고 있다. 그 길은 자기에게 주어진 길이 아니라 자기가 만들어 가는 길이다. 누구나 꽃길을 걷고 싶지만 내게도 시련이 올 수 있다. 늘 준비하고 조용히 반성하며 기다리는 삶을 위해 노력한다.

지난여름 산악회에서 강원도 함백산 산행을 하게 되었다. 출발 후 네 시간 반 만에 강원도 정선군 고한읍 경계 자락의 장암사를 지나 함백산 오르는 팻말이 붙어있는 그곳에 관광차를 세웠다. 어느덧 오전 열한 시를 넘긴 시간이었다. 함백산은 첩첩으로 둘러싸인 고산이었다. 함백산에선 열다섯 명만 내렸고 남은 사람들은 만항재로 갔다.

우리는 정상을 향해 본격적으로 산행길로 접어들었다. 표지판 기록에는 '산꾼의 산행 시간 네 시간 소요(1,575미터)', 우리는 다섯 시간을 잡고 선두의 꼬리를 따라 올랐다. 등산로에 접어들어 걸으니 우거진 숲 사이로 햇살이 따사로웠다. 그런데 후미에 걷는 노인 한 분이 늦어지면서 간격이 점점 멀어졌다.

함백산은 국내에서 여섯 번째로 높은 산이다. 30분의 시간이 지날 쯤에 뒤돌아보니 노인은 빨리 가라 하시며 손사래로 뒤따라간다고 했다. 하지만 혼자 두고 갈 수 없어 나는 같이 동행하기로 하고 노인의 속도에 맞추어서 걸었다. 등산길은 사람의 손을 덜 탄 숲이라 건강했다. 나무 사이로 스며드는 공기는 청량했고 하늘은 열린 풀마당 같았다. 거목 사이를 비집고 산길을 오를 때 초록 이끼를 두른 아름드리 누운 고목에 하얗게 핀 버섯, 새빨간 버섯 송이들이 옹기종기 모여 있었다. 영지버섯도 있어 몇 개 땄다. 장시간 산길을 걸은 탓에 뒤따르던 노인은 팥죽 같은 땀을 흘리며 걸음이 더욱 느려지고 있었다.

노인은 저번 달에 차를 잘못 타서 우리 산악회에 오게 되었는데 이번 달에 또 왔다. 나는 그 사람을 잘 몰랐지만 고산 지역에 혼자 두고 갈 수 없어 동행을 하게 되었다. 많은 이야기가 오고 갔다. 노인은 평생 교직 생활을 하다가 교장으로 정년 퇴임하면서부터 산을 오르기 시작하였다 했다. 퇴임 즉시는 젊어서 정상을 매번 오르셨다는데 지금은 세월의 무게를 어쩔 수 없다며 이마에 흐른 땀을 훔쳤다.

함백산 산행 길은 첩첩산중이라는 말이 실감났다. 노인의 걸음으론 정상까지 까마득했다. 나는 빠른 걸음으로 능선에 올라 배낭을 능선 위에 내려놓고 오던 길을 되돌아 뛰어 내려가서 노인의 배낭을 받아 메고 다시 올라갔다. 능선을 연속 세 번이나 반복하며 오르고 내리다 보니 웃자란 숲길은 멧돼지가 산을 파헤친 흔적이 여러 곳에 있어 섬뜩했다.

만약에 노인이 걸어가지 못하겠다면 헬리콥터라도 불러야 한다는 생각이 들어 하늘을 보니 우거진 숲 나무 잎 사이로 파란 하늘이 빼꼼히 보였다. 그러니 헬리콥터 가 내릴 곳도 없었다. 이를 어쩌면 좋을까 하는 생각 끝에 노인을 열 발자국을 걷게한 뒤 작지(작대)를 짚어 선 채로 2분 쉬게 하기로 했다.

여러 번 반복 끝에 정상이 바로 보이는 표지판 '1㎞' 앞에 도착한 것이 오후 세 시. 우리는 넓은 바윗돌 식탁에 앉았다. 무리한 산행 길에 노인은 많이 지쳐 있었다. 나는 노인에게 물부터 한 잔 마시게 했다. 노인은 가쁜 숨을 몰아쉬며 후우~ 한숨 돌렸다. 얼굴이 창백했다. 선두는 이미 정상에 오른 듯 '야호~' 환호성이 메아리로 흘렀다. 각자 준비한 도시락을 풀어 수저를 손에 들려주니 노인이 떨리는 손으로 잡았다. 두 사람이 오붓하게 먹는 점심은 꿀맛이었다. 해발 1,500미터가 넘는 산 위에서 내려오는 자연의 바람은 이마에 흐르는 땀을 스쳐 지나가면서 흠뻑 젖은 옷 사이로도 스며들어 고마웠다.

바로 보이는 정상에는 방송 기지국인 듯 우뚝 솟은 송신소가 있었다. 우리는 다시 걸었다. 정상이 가까워 오니 시야가 확 트였다. 높은 산을 바라보며 산길을 오르니 함백산 북쪽으로 이어지는 능선에는 천연생 주목이 많이 있었다. 주목은 살아 천년, 죽어 천년이라 했다. 자연은 세상을 아름답게 만들기 위해 성실과 지혜라는 두 개의 보석을 선물로 주었다는 유래도 생각났다. 아름다운 우리 강산, 정상으로 오르는 등산길에는 여러 종의 야생화 들꽃도 있었다. 여러 곳에 고사목이 군락을 이루고 있었다. 고원지대 특유의 상큼하고 청량한 공기가 폐부를 씻어냈다. 나는 카메라로 먼 산 정경과 야생화. 고사목을 여러 번 찍었다. 노인의 사진도 몇 컷 찍었다.

노인은 '오늘 산행 길, 동행해 줘서 많이 고맙고 미안하다.' 하면서 가쁜 숨을 몰아쉬었다.

"아닙니다. 저는 오늘 어르신과의 동행으로 베풀 수 있는 인연에 감사합니다."

노인은 진심어린 말로 '요즘도 이런 천사 같은 여인이 있나' 하며 계속 걸음을 이어갔다. 창백하던 얼굴도 환한 모습으로 변하였다. 마지막으로 가파른 길을 걸으니 이마에는 땀방울이 송송 맺혔다. 그러나 우리는 동행한 인연으로 함께 땀 흘리면서 백두대간 정기를 마셨다. 나뭇잎 사이로 파란 하늘을 이고 고사목이 여기저기 서 있는 운치는 아름다웠다.

우리네 인생도 기나긴 여행과 다름없지 않을까. 험한 산행 길로 헐떡인 고원 지역에서 이런저런 사연을 담아 함백산 정상을 향해 걷던 두 사람은 결국 해발 1,575미터에 마침표를 찍었다.

나는 노인과의 동행으로 힘들었지만 흐뭇했다. 긴 세월 흘러도 잊히지 않을 것이다. 정상에서 바라본 먼 산은 자연의 물결로 이름 모를 여러 종의 꽃들이 산자락을 꾸민 아이들 같았다. 두 사람의 뒤에서 잘 가라고 손을 흔들어주는 듯했다. 함백산 동행은 탁월한 선택이었나 보다.

마이산

시간은 소리 없이 흘러 작열하던 폭염이 뒤로 밀리니, 바람이 향기를 품고 가을이 다가왔다. 심장에 눈물이 고이는 듯 쓸쓸함이 밀려오는 건 무슨 이유일까. 들뜨지 않고 무언가 고적한 분위기 속에서 차분하게 나 자신을 돌아보는 여행을 하고 싶었다.

하늘에 먹구름이 잔뜩 드리운 날 지인의 소개로 '삼국유사 유적답사회' 진안 탐방에 합류했다. 차창 밖에는 누런 황금들이 넘실거리고 가을비가 추적추적 내리는 초가을이었다.

버스를 세운 곳은 진안 '어은공소'. 동네가 물고기를 닮은 지형이라 '어은동' 이라는 이름이 붙었다고 한다. 공소가 성당으로 승격하여 지붕을 너와로 바꾸었다는 해설을 뒤로하고, 진안 남부 주차장에 차를 세웠다.

마이산(명승 12호)에 오니 작은 빗방울들이 대지와 주변의 숲과 나무를 긴밀하게 교감할 수 있게 만들어 주는 매개체 역할을 하는 게 아닌가 싶었다. 빗속을 걸으며 바라보는 마이산은 산신 부부의 전설도 안고 있었다.

아득히 먼 옛날 큰 죄를 지어 하늘나라에서 쫓겨난 산신 부부가 이 땅에서 두 아이를 낳고 기르며 수억겁 년 동안 속죄의 시간을 보내고 있었다. 그러던 어느 날 승천의 기회가 열렸다. 그런데 밤중에 승천하면 너무 피곤하니 새벽에 올라가자는 아내의 말을 듣고 새벽녘에야 쑥쑥 올라가다가 어느 부지런한 아낙네의 눈에 띄어 부정을 타 그 자리에서 굳어져 암수 마이봉이 되었다는 얘기다.

마이산은 동봉과 서봉으로 나뉜다. 서봉(해발 685미터)은 암마이산, 동봉(해발 678미터)은 수마이산으로 불리는데 동봉 정상은 오를 수 없었다. 또 금강산처럼 계절에 따라 달리 이름을 부른다. 봄에는 안개 속의 쌍돛대 같다 하여 '돛대봉', 여름에는 울창한 수목 사이의 봉우리가 마치 용의 뿔 같다고 하여 '용각봉', 단풍 든 가을에는 말의 귀처럼 보여서 '마이봉', 흰 눈 쌓인 겨울에는 붓끝 모양 같다고 해서 '문필봉'으로 부른다. 이 신비의 마이산은 자연과 역사가 공존하는 아름답고 신비한 산이다.

멀리서 보면 거대한 바윗덩어리가 마주 보고 서 있는 것 같지만, 가까이 가보면 수많은 자갈과 모래가 섞인 역암 덩어리다. 마이산은 원래 물속에 있었다고 한다. 처음에는 바다 또는 호수였으나 그 바닥이 솟아오른 것으로 산에서 민물고기 화석과 다슬기 같은 조개 화석이 발견되는 것도 이 때문이다. 자그마치 1억 년 전의 이야기라고 한다. 암마이봉 사면에는 울퉁불퉁한 암반이 있어 일명 공구리 산이라고 하며, 세계 최초의 타포니 지형이라 한다. 여러 곳에 구멍이 뚫린 채 돌들이 떨어져 나간 곳이 많아 기이한 경관이라 예로부터 민족의 영산으로 숭상되어 왔다 한다.

돌탑은 구멍을 파서 서로 끼워 맞춘 것도 아니요, 접착제나 시멘트를 사용한 것도 아닌데 그 긴 시간 동안 비바람을 어떻게 견뎠을까. 크고 작은 돌들끼리 서로에게 기대어 혼자서는 미약한 하나의 존재가 다른 존재를 버티게 해주는 힘이 되었으리라. 사는 일이 고단하여도 사람이 사람 가까이에 있어야 하는 이유 역시 다르지 않다고 생각했다.

바람에 취한 가을, 빗줄기는 점점 세어지는데 나는 아득한 심정으로 거대한 역암 덩어리를 바라보고 있었다. 마이산은 역시 신의 산이었다.

순천만의 가을

산악회에서 10월 산행지는 순천만 갈대밭으로 결정했다. 지방자치단체들이 관광자원에 관심을 갖게 되면서 전라도의 대표적인 관광지는 순천만 갈대밭이 되었다. 순천만 갈대밭은 대한민국 생태 수도 슬로건을 내건 순천의 얼굴이며 세계 5대 연안 습지의 하나로 꼽히는 생태 관광지다.

매년 300만 명의 관광객들이 찾아온다는 순천만은 아름다운 동천과 정원 경관의 생태 도시로 에코 트랜스 스카이 큐브를 즐길 수도 있다. 국내 최초로 전기를 이용해 운영되는 친환경 미래 교통 시스템이다. 순천만 습지 특유의 생태계를 보전할 수 있는 이동 무인 자동 운전으로 '꿈의 다리' 에서부터 동천을 따라 '순천 문학관' 까지 총 4.6킬로미터에 이르는 구간을 시속 약 40킬로미터로 운행한다.

무진교를 오고 가는 수많은 인파들 속으로 천천히 걸으면서 갈대

숲을 보다가 나도 모르게 걸음을 멈추고 광활한 갯벌과 갈대숲이 만들어내는 자연의 아름다움을 카메라로 담아보았다. 어머니의 뱃살 같은 갯벌, 그 갯벌에서 손짓을 하는 농게와 짱뚱어를 바라보며 신기해하는 어린이들. 연인들은 손에 손을 잡고 누런 황금 갈대밭에서 자신들만의 추억을 쌓아가고 있었다. 바람에 하늘거리는 갈대밭 사이로 걸어가는 사람들 모두가 행복한 미소를 짓고 있었다.

태거길을 따라 허위허위 걷다 보니 갈대밭도 가로지르고 용산으로 오르는 출렁다리도 건너 우거진 소나무 숲에 도착했다. 울창한 소나무 숲 사이로 산책로가 있다는 것도 금상첨화였다. 목을 빼고 누워있는 야산이 용처럼 길다고 하여 '용산' 이라는 이름이 붙어 있다는 것이다.

용산에서는 피톤치드 냄새가 물씬 풍겨온다. 용산 전망대에 오르면 관광 사진에서 많이 본 S자 수로와 칠면초와 원형 갈대 군락을 전면으로 볼 수 있다고 했다.

갈대밭을 따라 길게 이어진 용산 산책로는 걷기에 딱 좋았다. 흠흠~. 갯벌과 소나무가 이어진 특유의 냄새는 보약을 한 재 먹는 것이나 다름없었다.

용산 전망대에 다다르니 바다로 이어지는 S자 수로가 눈길을 사로잡았다. 양쪽에는 붉은 융단을 깔아 놓은 것 같은 칠면초 군락이 절묘한 조화를 이루고 있었다. 칠면초는 1년에 일곱 번 다른 색깔의 옷을 갈아입는다고 하여 붙여진 이름이라 했다. 칠면초는 염도에 따라 색깔이 달라지며 늦가을에는 색깔이 점점 붉어진다고도 하는데 마침 그때가 절정이었다.

나는 이곳저곳을 카메라에 담았다. 기념 사진도 찍었다. 칠면초의 붉은 미소에 한동안 넋을 잃기도 했다. 왕복 6킬로미터의 산책길은 걷기에 참으로 좋았다. 자연이 그린 명작은 새잎이 자라는 봄에는 청갈대, 무르익은 여름에는 은갈대, 나무에 낙엽 지는 늦가을부터는 금 갈대로 옷을 갈아입는다. 나는 그날 늦가을 하루를 금 갈대에 취하다가 아쉬움을 뒤로하고 하산했다.

대청봉에 오르다

아, 멋진 경치다! 이런 멋진 곳을 이제야 와 볼 수 있게 되었다. 산을 대하면 늘 그렇듯이 한숨 아닌 탄식부터 나오게 된다. 아쉬움 때문인지 아니면 그나마 다행인지 회한에 젖게 되는 모양이다. 사람도 자기 인물됨을 자랑하고 싶고 보는 이도 다시 가까이하길 원하지만, 경치도 뭇사람들이 보아 그 빼어남을 자랑하는 곳이 있다. 아무리 쳐다보아도 지루하지 않고 언제까지나 더 보고 싶은 곳이 대청봉 정상이다.

그날의 목표지는 설악산 대청봉이었다. 백담사 주차장에 차를 세우고 셔틀버스 밖으로 곱게 물든 산 능선을 바라보다 오세암을 향해 산길을 올랐다. 계곡의 오색 단풍은 형용할 수 없이 곱고 화려했다. 그렇게 계속 사진을 찍으면서 오세암에 도착한 뒤에는 도량을 둘러보고 일찍 잠자리에 들었다. 단풍 구경에 산꾼들도 많이 와 있었다.

아침 여섯 시에 일어나 절에서 준비한 미역국과 밥을 먹고 봉정암으로 출발했다. 길에는 그새 낙엽이 많이 깔려 있었다. 오솔길과도 같은 소로를 걸으며 발밑에 부스럭거리는 낙엽 소리에 귀를 기울였다.

문득 너무 한적하다는 생각도 들었다. 가을 햇살과 낙엽 소리가 어우러지는 가을의 정치가 형용할 수 없이 아름다웠다. 대청봉에 오르기 위해 부지런히 걷고는 있어도, 마음만큼은 너무나 여유로웠다. 산을 오르고 산에서 느끼는 여유는 다른 곳에 비할 바가 못 된다. 그야말로 어머니 품속 같은 편안함을 느끼게 해준다. 온몸으로 산을 대하기 때문이 아닐까? 열 시쯤에 봉정암 탑 앞에 올랐다. 참배하고 암자에서 제공하는 점심을 먹은 후 대청봉으로 발길을 옮겼다.

잠시 쉬는 동안 산등성을 한 바퀴 돌며 지나가는 헬기 한 대가 보였다. 어느 방송국에서 취재를 하러 온 모양이었다. 천하의 절경을 눈앞에 두었으니 헬기인들 지나칠 수가 있었으랴. 우리는 밑에서 손을 흔들었다. 다시 걷기 시작하여 드디어 큰 바윗덩어리들이 놓인 대청봉에 올랐다. 높이 1,708미터였다. 날씨는 구름 한 점 없이 파란 하늘이었다. 전국에서 달려온 산꾼들로 산은 인산인해였고 모두들 표정이 밝게 빛났다.

산 정상에서 산세를 둘러보니 금강산이 따로 없었다. 북녘 하늘 아래 있는 금강산과 맞먹을 것 같은 느낌이었다. 멀리 보이는 울산바위와 공룡 능선이 내 발밑에 있는 것 같았다. 온 세상이 한눈에 들어왔다. 하늘에 떠있는 느낌이 들어 친구들한테 전화를 했다. 나 지금 설악산 대청봉이다 했더니 친구들이 내 말을 믿어주지 않았다.

그 나이에 대청봉이라니 흥! 콧방귀 소리가 들리는 것 같았다. 정상 표지석 앞에서 찍은 사진을 카카오톡으로 보냈더니 그제야 정말 대단하다며 축하 전화가 빗발쳤다.

나는 시인도 아니면서 정말 시라도 한 줄 짓고 싶은 감상에 젖었다. 이런 곳에서 그 옛날 선비들처럼 유유자적해 가며 세월을 보낼 수는 없는 것일까? 산에 들어와 보아야 산의 깊은 맛을 알게 된다. 속세를 떠나 욕심을 버리고 자연과 벗하며 편안하게 살고 싶은 생각이 저절로 드는 곳. 산도 가다 보면 그런 곳이 있다. 어느 산이나 다 마찬가지인 것은 아니다. 그중에서도 어느 한 곳에 자신의 진정한 아름다움을 표현해 놓을 만한 곳이 있는 법이다.

사람들이 미처 눈치채지 못하고 지나칠 지라도 말없는 산은 언제나 그대로일 것이다. 그런 곳이라면 산의 혼이 서려 있는 곳이 아닐까? 마음을 열고 가슴으로 산을 느껴보자. 가슴 떨리게 산이 주는 감동을 가져보자.

나는 산을 좋아하여 내 생에 꼭 한번 설악산 대청봉을 가보리라 마음에 두고 있었다. 힘 있을 때는 대청봉에 오를 기회가 늘 빗나갔다. 지난번 왔을 때도 소청봉까지만 왔다가 비바람이 몰아쳐서 천불동 계곡으로 내려오고 말았다. 이번 산행에서는 대청봉까지 완주할 수 있어서 세상을 가진 듯 흡족했다.

캐스케이드 야경

인생에서 가장 중요한 일은 자기의 삶을 깊이 사랑하는 것이다. 행복은 결코 멀리 있는 것이 아니다. 작은 일에서부터 자신을 만들어 가는 것이다. 복잡한 현대에 서로에 대한 격려와 칭찬과 긍정적인 말은 이 세상을 밝게 만드는 초석이 될 것이다.

여행은 낯설과의 만남이다. 문득 아주 낯선 곳으로 떠나고 싶을 때가 있다. 그럴 때마다 아침 이슬처럼 촉촉이 적시어 서로를 위로하고 보듬어주며 마음과 마음을 이어주는 만남의 인연에 감사한 마음을 가져본다.

여섯 명의 지인들이 모여 상하이 자유 여행을 하기 위해 매달 일정 금액으로 1년을 모았다. 그리고 여행 날이 다가왔다. 상하이 투어 행선지는 일행 중 A란 사람이 정했다. A는 한민족 자녀로 중국에서 자랐다. 현지 여동생과 같이 동참하여 말이 통하니 그분들은 투어를 맡았다. 그 덕에 우리는 자유롭게 투어할 수 있었다. 더구나 자동차도 렌트했다. 자유롭고 편리한 여행, 나는 황혼이라 따라만 다녔다.

상하이는 전쟁을 몇 차례 겪었으나 지금은 '세계 건축 박물관' 이라는 소리를 들을 정도로 화려하게 변모했다. 20세기 초에 지은 석조 건물들은 지금도 백화점, 호텔, 은행, 공공기관 사무실 등으로 사용되고 있다.

와이탄은 석양과 야경이 특히 아름다워 '노을의 도시' 라 불리기도 한다. 해넘이로 땅거미가 지기 시작하자 캐스케이드 건물들이 파랑, 주황, 빨강 등 오색찬란한 불빛을 쏟아냈다. 곳곳에서 펼쳐지는 다채로운 빛의 향연이 감탄을 자아냈다.

야경으로 유명한 상하이는 중국에서도 손꼽히는 부촌 중 하나라 한다. 이국적인 건물들이 늘어서 있어 모든 것이 매력적인 곳이다. 베이징 왕푸징의 독특한 꼬치 거리와 함께 밤새 불이 꺼지지 않는 시끌벅적 즐거운 곳! 상하이는 여름이 대목이라 한다. '코즈모폴리턴의 도시' 라고 정의하며 달빛이 처연하게 비치는 황푸강 주변에는 단꿈을 속삭이는 청춘 남녀도 있었지만 숙박할 곳이 없어 초지를 이불 삼아 잠을 자려는 룸펜들도 여기저기 눈에 띄었다. 그들 중에는 인도인, 중국인 또는 조선인도 있다 한다.

와이탄에서 야경을 보는 법은 동방명주 등 고층에서 와이탄을 내려 보는 법과 강 건너 빈장 다다오에서 바라보는 법, 그리고 상하이 예원의 야경을 즐기는 법도 있다. 우리 일행은 상하이 타워 118층까지 초고속으로 올라가는 엘리베이터를 탔는데 눈 깜빡할 전망대까지 시간에 올랐다. 캐스케이드 야경은 구름에 가려져 있었지만 구름이 걷히자 화려한 불빛에 '오~우~' 탄성이 절로 나왔다. 상하이는 밤의 도시라고 해도 될 만큼 야경이 아름답다. 우리는 난징동루, 와이탄의 해안 산책로, 황푸강 유람선, 와이탄과 푸동 지구, 서구적인 낭만이 물씬 풍겨나는 거리의 야경을 즐기다가 폰으로 아름다운 야경을 촬영했다. 너도나도 사진 포즈로 기념 촬영도 했다.

상하이 서쪽 지역은 150년 전 프랑스의 조계지 및 공동 조계지로 구성되는 옛 상하이의 중심가와 외국인들의 거주지가 있던 곳이다. 동방명주가 있는 푸동은 15년 전 장쩌민과 주룽지가 중국의 미래를 상징하는 세계 도시로 선언한 곳이며 와이탄은 1842년 아편전쟁에서 패한 청나라가 광저우, 샤멘, 푸저우, 닝보, 상하이 등 다섯 개 항구를 개항하면서 지배국이 행정권과 경찰권을 행사하는 조계로 내놓은 지역이다. 당시 이 조계지에는 법령도 있었다고 한다. 유럽 열강(특히 영국)이 상하이로 진출하여 황푸강 부근에 외국인이 거주할 수 있는 시설을 지었는데 그때의 건물이 오늘날까지 잘 보존되고 있다. 와이탄은 전체 길이가 1.7킬로미터에 이르며 황푸강을 기준으로 푸동 지구와 푸서 지구로 갈라진다. 시 구역으로 선언하여 개발하기 시작한 곳이기도 하다.

상하이 고층 빌딩들은 다양한 디자인의 건축물을 장려하는 시의 정책에 의해 기발한 디자인으로 장식하고 있으며 빌딩들은 밤새도록 불을 밝히고 있었다.

인력으로 일하는 게 아니라 건물 소유도 모두 국유라고 들었다.

건물을 지을 때마다 40퍼센트 정도 녹지를 구성한다고도 했다. 땅이 정말 크고 규모에 놀라움을 금치 못했다. 특히 그 유명한 상하이의 랜드마크 동방명주는 정말 휘황찬란하고 근사했다. 반면 현대적이고 첨단적인 느낌의 푸동과는 사뭇 다른 매력을 가지고 있는 와이탄은 예스러우면서도 뭔가 유럽풍의 느낌이 가득했다.

내 삶은 나이 들수록 퇴보되는 정신세계를 스스로 인정하되 슬퍼하지 않고 현시대에 발맞추기 위해 노력할 것이다. 물이 유유히 흘러가듯 시대는 무심히 변해간다. 이 세상 모든 것은 영원하지 아니한다는 것, 사는 일에 욕심을 부린다고 뜻대로 살아지는 것도 아니다. 다양한 삶의 형태가 공존하며 다양성이 존중될 때만이 정다운 동행인으로 함께 갈 수 있다. 어느덧 황푸강에는 화려한 관광 유람선이 지나가고 있었다. 다음날은 황푸강 유람선의 야경 힐링을 기대하며 캐스케이트 야경의 아름답고 웅장한 건물들을 뒤로하고 숙소로 돌아왔다.

점입가경 예원

예원에 들어서니 비가 부슬부슬 내렸다. 도심과 완전히 다른 세상이 펼쳐졌다. 녹지를 가득 메운 풀과 나무 내음이 바람에 실려 날아왔다. 번잡스러운 인파는 인산인해였다. 상하이 구시가지 푸시의 중심에 위치한 예원은 중국에서 가장 섬세하고 아름다운 정원이라 한다. 전통적인 모습을 고스란히 간직하고 있는 유일한 명나라 시대의 정원 예원. 꾸밀수록 아름다워진다 하여 점입가경이라는 말의 유래가 되었을 만큼 아름답기로 소문나 있다. 주변에는 상하이의 노가와 같은 옛 전통 거리가 있고, 일상의 휴식처로 각종 먹거리와 기념품 가게도 있다.

예원은 400여 년의 역사를 지니고 있다. 역사적 유적이 많이 남아 있는 상하이의 옛 조경림 중 하나로 옛 정원의 모습을 그대로 간직하고 있다. 명나라 시대의 관료였던 반윤단이 자신의 아버지 반은의 노후를 위해 1559년 건설한 가정집 정원이라 한다. 18년이라는 긴 시간 동안 상하이의 한가운데 대저택을 착공하여 부자가 좋아하는 수석들로 정원을 꾸며놓았다.

담장은 용이 휘감고 있는 형상이었다. 들어보니 황제만 사용할 수 있는 용을 집안에 들여놨다는 소식을 들은 황제가 이를 확인하려고 사신을 보냈다고 한다. 반윤단은 잘못하다가 일가가 멸망하게 될 운명에 처해진 것을 알고 기지를 발휘하여 이렇게 말했단다.

"용은 발가락이 네 개인데 이곳에 있는 것은 발가락이 세 개라 용이 아니라 괴물이옵니다."

그렇게 사신에게 뇌물을 주니 사신이 황제에게 좋은 말로 비호하여 살아남았다고 한다. 설명을 듣고 용의 발을 보니 정말 세 개였다.

수석을 좋아했던 주인의 취향에 따라 인공적으로 돌을 붙어 만든 벽들이 마치 자연의 바위처럼 보였다. 입구에 들어서면 누구나 만지고 지나갈 수 있는 수석이 있는데 아름다운 여인 모양이었다. 한데 내 눈에는 그냥 돌로만 보였다. 온갖 기암괴석으로 만들어진 연못에서는 각종 물고기들이 노닐고 있었고 종류를 알 수 없는 무수한 수석들도 저마다의 자태를 뽐내고 있었따. 그런데 정작 잔디 위에 세워진 돌이야말로 주인이 가장 아끼던 수석들이라고 했다.

예원은 건립 후 상인이 매입하여 1760년까지 방치되어 있다가 1842년 아편전쟁이 일어나자 영국군이 점령했다고 한다. 태평천국의 반란 동안 황군에 점령되었다가 다시 1942년 일본군에 의해 심하게 손상을 입었다. 그러다가 1956~1961년에 상하이 시 정부에 의해 보수되었고 1982년에 국가 단위의 문화재로 공표되었다 한다.

청나라 때의 건물이 그대로 남아있는 옛 시장도 자리하고 있는데 처마 모서리를 높이 올릴수록 부를 상징하는 풍속 때문에 처마를 들어 올렸다는 유래가 있다.

특히 위로 이어지는 회랑에서 건너다보는 연못의 경치가 멋있었다. 예원의 전체 면적은 약 20킬로미터이며 오솔길처럼 좁고 구불구불한 회랑과 다리를 따라 돌며 4개의 정자와 누각, 연못과 가산을 관람하게 되어 있었다. 무엇보다 천상의 구름으로 조각한 등빛은 마치 내가 천상의 세계에 와 있는 듯 황홀한 기분을 선사했다. 또한 인위적 건물이지만 자연 그대로를 사용한 목조 건물은 '자연에 살지어다' 라는 옛말을 상징하고 있었다.

예원은 역사의 굴곡마다 뜰의 주인이 바뀌고 때로는 역사의 창끝에 훼손되기도 하면서 긴 시간을 버텨왔다. 지붕 기왓장 끝에 오종종 놓인 짐승 저 너머 사슴은 신선놀음의 조연이었을까. 미끈한 허리와 날렵한 다리를 가진 사슴이 한량의 쉼터인 정원에 잘 어울렸다. 또 양산당 입구에는 한 쌍의 사자가 놓여 있었다. 중국에는 사자가 없으니 이 또한 상상의 동물일 터였다. 오른쪽 수사자는 우주를 희롱하는 듯 발밑에 있는 구슬로 정원의 여유를 만끽하고 있었다.

구곡교는 '귀신은 앞으로는 가나 지그재그로는 움직이지 못한다'는 말이 있어 다리를 굽게 했다 한다. 9는 숫자 중 가장 큰 수이니 규모가 가장 큰 정원을 상징하기 알맞은 숫자라 구곡이 되었다고 했다. 구곡교의 꺾어진 다리 마디마다 사람들이 들어차 있었다. 빠질리 없게 만든 튼튼한 난간에 기대어 우리는 사진을 찍고, 구곡교 앞 호심정으로 갔다. 호수에 마음을 담아 시간을 느긋이 즐기는데 바로 보이는 옛 건물이 있었다. 1784년 행상인 집회소였던 것이 1855년 찻집으로 탈바꿈하여 지금에 이르고 있는 것이라 했다.

어느덧 예원 상장 앞 구곡교 옆에 도착했다. 전망이 좋고 예원 전경이 보이므로 자릿세랄까, 찻값이 만만하지 않을 것 같았다. 그처럼 아름다운 절경에 여기저기 스마트 폰 촬영이 이어졌다.

그때 외국인 남녀 한 쌍이 우리들과 사진 촬영을 원했다. 우리 팀은 우의를 입은 채로 같이 사진을 찍었다. 그러자 외국인들은 환한 웃음을 지으며 인파 속으로 사라졌다.

여행객들이라면 한번쯤 꼭 둘러보는 곳이며 상하이의 유일한 정원이자 가장 아름다운 곳이 예원이라 한다. 용이 아닌 용과 짐승이 사는 정원으로 재력을 뽐내던 사람은 사라진 지 오래되었고 봄빛 가득한 정원에는 관광객들만 경내를 돌아보는데 비가 추적추적 내렸다. 비를 피해 들어간 정원의 한 곳은 나무 잎사귀를 빗질하는 바람이 가득했다. 우리는 점입가경 예원에 대한 좋은 추억을 뒤로하고 발걸음을 옮겼다.

사막의 밤

두바이 에미레이트 항공 회사에 승무원으로 있는 외손녀가 딸 식구와 나까지 초청해서 인천공항 비행기에 올랐다. 열 시간이 넘는 소요 시간에 두바이 국제공항에 도착하니 손녀가 마중 나와 있었다. 두바이는 이른 아침, 손녀 차를 타고 아파트로 갔다. 손녀가 두바이 승무원 생활이 6년이라 하니 두바이 인기 관광지는 어지간히 꿰고 있을 것 같았다.

짐을 풀고 조금 쉬었다가 밖으로 나오니 더운 바람과 습한 기온이 밀려왔다. 풀 한 포기 없는 건조한 사막이었다. '더 팜' 카페에 들어서니 식물들이 숲을 이루고 있었다. 나무 사이에 검은 호수가 엉켜 있어 놀라웠다. 지속적으로 나무에 물을 주기 위해서 라는데 더 놀라운 것은 바닷물 정수기는 한국의 두산그룹에서 개발하여 숲을 이루고 식수로 사용한다는 것이었다.

다음 날 투어는 거침없이 사막 위를 질주하는 투어였다. 끝없는 모래펄 위를 춤추듯 달리는 경험은 여행자의 로망 중 하나가 아닐까? 물론 감동은 다르게 다가오겠지만. 실은 기대 반, 두려움 반이었다. 사막 위를 달린다니, 도대체 어디에서 어디까지 얼마나 달릴 수 있을까?

온 천지가 사막인 두바이에서 또 다른 세상, 더 깊은 모험의 세계로 들어가 보기로 했다. 일행을 모두 태운 SUV 차량이 드디어 사막 초입에 도착했다. 타이어 공기압을 최대한 줄였다. 그리고 드디어 생애 최고의 사막, 두바이에서 폭풍 질주에 도전했다. 사막에는 길이 없으니 금빛 천지는 무한대로 펼쳐진 낯선 행성 같기도 했다.

사막은 일반인이 보기에는 도무지 어디가 어딘지 분간하기 힘들다. 그러나 운전자들의 눈에는 길이 훤히 보인다고 한다. 사막의 둔덕은 완만한 것처럼 보이지만, 둔덕 너머 반대편은 수직으로 뚝 떨어지는 절벽이다. 초보 여행자에게 사막 질주란 마치 혹성 탈출을 경험하는 것과 같다. 최고 속력으로 완만한 경사면으로 치고 오르다가 반대편으로 내리 달릴 때면 무중력 상태에 놓인 듯 몸은 붕 뜨고 만다. 이제 그만 달렸으면 싶은 그때에 차량은 더 높은 곳, 더 심한 급경사를 향해 질주한다. 보통 40여 분 정도 정지 없이 사막 위를 질주하는데, 그 시간이 단 몇 분처럼 짧게 지나간다.

달리는 도중 운이 좋으면 사막 한가운데서 '휴식의 시간' 도 즐길 수 있다. 잠시 차에서 내려 오로지 모래뿐인 사막을 바라보는 적막한 감동은 잠시, 아름다운 노을이 다가온다. 먼 이국 땅, 광활한 사막 위에서 퍼져가는 붉은 기운은 이방인의 가슴에 전율을 선사한다.

모래가 전부인 세상 위로 노을이 고요히 밀려오면 천지는 검붉은 어둠에 포근히 안긴다. 사막의 밤은 각기 다르게 느껴진다. 신천지가 세워진 두바이에도 원시적인 자유와 사막 위 불꽃같은 로맨스는 여전히 존재한다.

얼마 후 우리 일행은 낙타가 무리 지어 있는 캠프장에 도착했다. 사막에서나 마주할 수 있기에 여행자에게 낙타는 신기한 대상이었다. 손자, 손녀도 낙타 등에 올라 중거리를 돌아왔다. 어둠이 내려앉은 붉은 사막 위로 낙타들이 이동하는 모습을 보고 있으니 한편의 드라마 같았다. 함께 동행한 낙타들이 모래 위로 아스라이 사라지자 터번을 두른 남자가 캠프장 한가운데 모닥불을 피웠다.

사막의 낭만은 중독성이 강했다. 어느덧 터번과 차도르를 한 남정네들이 모닥불 가로 하나둘 모여들었다. 사막의 도적 떼처럼 보이는 그 모습이 정겨울 따름이었다. 사막 위 여행은 그렇게 신비한 감상을 전해주었다. 낯선 이방인들이 모닥불 주위에 모여들었고 사막의 밤이 주는 묘한 중독에 푹 빠져들었다. 바로 그것이 중동의 아라비안나이트였다. 어디선가 가슴을 후벼 파는 현악기 선율의 멜로디가 흐르자 무대 위로 춤추는 여인이 유혹이라도 하는 듯 매혹적인 몸매로 열정의 무대를 열어갔다. 홀로 무대를 장식하는 그 고독감은 더욱 매력적이었다. 그렇게 사막의 밤은 낭만과 유혹으로 물든 시간이 흐르고 있었다.

세계 각지에서 찾아온 관광객들은 벨리 댄서의 춤을 즐기며 식사를 했다. 타다닥, 우리는 불꽃이 튀어오르는 모닥불 곁에 앉았다. 거품 이는 시원한 맥주도 한 잔 들이켰다. 그러자 사막의 밤은 더욱 매력적인 관능으로 관객들을 초대했한다. 밤이 깊어가며 텐트 너머로 촛불의 일렁임이 아라비안나이트의 절정을 알렸다. 밤하늘은 칠흑의 어두움 속에 반짝이는 별들만 총총했다. 노을 지는 하늘을 등지고 길이 없는 무한대 둔덕을 넘으며 사파리 투어를 마친 여행자들은 천천히 숙소를 향해 갔다.

그랜드 모스크

10월 하순, 햇살이 작열하는 두바이의 아침이었다. 손자, 손녀가 자동차 정비를 마치자 우리는 차에 올랐다. 목적지는 아부다비 최고의 모스크, 셰이크 자이드 그랜드 모스크였다. 내비게이션에 행선지를 찍어 출발했다. 무슬림들에게 모스크는 삶의 중심 역할을 하기 때문에 어딜 가도 모스크가 있지만 그 많은 모스크 중에서 딱 한 곳만을 간다면 아랍에미리트의 경제 수도인 아부다비의 그랜드 모스크 사원이라고 한다. 아부다비 국왕의 선친인 셰이크 자이드 빈 술탄 알 나흐얀을 기리기 위한 사원으로 칼리파의 그랜드 모스크 사원이라고도 부른다.

물론 '그랜드' 라는 이름이 허언은 아닌 곳이다. 아부다비는 여섯 개의 토후국 중 하나이면서 아랍에미리트 수도로서의 지위를 차지하고 있는 도시다. 전통과 현대가 조화롭게 결합되어 있는 아부다비, 그곳으로 가는 길 내내 끝없는 사막이 펼쳐졌다. 에어컨을 켜 놓았지만 차를 달구는 강렬한 태양은 대단했다.

어느덧 멀리 그랜드 모스크가 보였다. 사진에서 봤던 것처럼 새하얀 건물이 마음을 설레게 했다. 모스크의 정문 앞에 서니 소설 속의 아랍 궁전 앞에 선 것이 아닌가 싶었다. 그러한 아부다비 최고의 모스크는 현재 정부가 소유하고 있다고 했다. 아랍에미리트 연합을 세우고 국가의 토대를 닦아 아부다비 사람들의 존경을 받는 국부 셰이크 자이드 빈 술탄 알 나흐얀이 영면하고 있는 곳이기도 했다.

모스크에서는 예를 갖추어야 하는 범절이 있다. 사원에 들어갈 때 여자는 몸을 가려야 한다. 머리는 물론이거니와 팔이 약간 보이는 것조차 금한다. 사원 앞에서는 무료로 아바야를 빌려준다. 여자들은 아바야와 히잡을 써야 입장을 할 수 있다. 그래서 나도 아바야를 입고 손자, 손녀들과 열심히 사진을 찍었다.

여자뿐 아니라 남자도 마찬가지다. 여자처럼 머리를 가리지는 않지만 반바지나 러닝셔츠 입은 모습으로는 입장할 수 없다. 예를 갖추라는 의미다. 복장이 갖추어지지 않으면 입장을 금하고, 사진을 찍을 때 손목이 드러나거나 하면 누군가 당장 달려와 주의를 준다.

아랍에미리트에서 셰이크는 최고의 통치자 또는 왕세자를 의미한다. 정치권력을 소유하고 각각의 부족을 다스리고, 아부다비에서 최고로 추앙받는다. 셰이크의 염원대로 그랜드 모스크는 아부다비의 종교적인 구심점 역할을 하며 아랍 국가들의 평화로운 화합을 기원한다고 한다. 또한 아랍에미리트에서 가장 거대하면서도 역사적인 묘이기도 하다. 모스크의 외부에서 함부로 출입할 수 없도록 보초가서 있는 곳이 있는데 바로 그곳에 셰이크 자이드 빈 술탄 알 나흐얀의 묘가 있다고 했다.

모스크 안에서는 신발도 벗어야 한다. 바닥에 앉는 건 마호메트 때부터의 관습이며 자연과 접촉하는 방법이라 실내에서는 당연히 신발을 벗는 것이다. 또한 그랜드 모스크는 축구장 서넛쯤은 들어갈 만큼의 어마어마한 규모이며, 수용 인원도 대단하다. 금요일 예배 시에는 4만여 명이 동시에 기도를 한다고 했다. 그에 걸맞게 그랜드 모스크는 1996년부터 무려 10여 년 간에 걸쳐 지었는데 세계에서 여덟 번째로 크다고도 했다.

입구에 들어서니 눈앞에 보이는 하얀 기둥이 모스크 안에만 천 개가 있다고 했다. 모두 이탈리아 산 백색 대리석이었는데 기둥과 벽에 새긴 꽃무늬는 자개 같은 느낌이었다. 색색의 돌을 골라 만든 석조작품으로, 색깔별 돌을 골라 하나의 그림을 만든 정성이 대단했다. 더 놀라운 건 천장에 달린 샹들리에였다. 수만 개에 달하는 스와로브스키 샹들리에. 나는 천장, 벽, 바닥 어느 것 하나 허투루 볼 수 없어 천천히, 꼼꼼히 둘러보았다.

무슬림 삶의 지표에는 다섯 가지의 절대 의무가 있다. 신앙고백, 기도, 자선, 금식(라마단), 성지 순례가 그것이다. 아부다비 그랜드 모스크는 워낙 명소라 관광객의 출입이 자유롭지만 복장 규정은 반드시 지켜야 했다. 중앙의 문을 통해 곧장 안쪽으로 들어가면 거대한 홀을 만날 수 있는데 그곳이 중앙 기도 홀이었다. 그곳에선 남자들만 기도를 올릴 수 있었다. 기도하기 전 손을 씻는 장소 등 특정 장소는 사진 촬영도 금하고 있었다.

북쪽과 동쪽의 첨탑에는 도서관이 있어 이슬람 문화가 이룩한 찬란한 결과물들을 만나볼 수 있었다. 200여 년 전의 희귀 출판물들이 다양한 언어로 기록되어 있는데 아랍어는 물론이고 불어나 독일어, 여기에 한국어로 기재된 문헌도 있을 것이라 했다.

그럼에도 그랜드 모스크의 가장 인상적인 보물은 카펫이 아니었나 싶다. 중앙 홀을 뒤덮은 섬세한 카펫은 크기가 무려 35톤으로 세계 최고를 자랑하는 카펫이라 했다. 아울러 그랜드 모스크가 자랑하는 또 하나의 보물은 수만 개의 스와로브스키 크리스털로 제작한 7개의 샹들리에였다. 화려하게 부딪혀 산산이 부서지는 빛들의 향연은 찬란하기 이를 데 없었다. 잘게 쪼개지는 빛의 방울들이 벽으로 튕겨나왔고 빨강, 초록, 노랑 등 마치 총천연색으로 빛나는 거대 크리스마스트리가 거꾸로 매달린 듯 멋졌다. 특히 그 규모와 웅대함이 좌중을 압도하고 있었다. 어느 종교든 신을 모시는 곳은 화려함의 극치를 이루는 것이 신기했다.

우리나라의 절이나 한옥의 화려함과는 전혀 다른 느낌의 화려함. 생소한 중동이라 그런지 더 신기하고 예뻐 보였다. 가까이 갈 수 없게 라인을 쳐놔서 자세하게 볼 수 없음이 아쉬울 뿐이었다.

모스크를 뒤로하고 밖으로 나오니 날씨가 쨍쨍하여 시야가 확 트였다. 최고의 힐링 여행이었다. 이어 우리는 아부다비 초특급 럭셔리 에미리트 팰리스 호텔로 이동했다. 두바이의 버즈 아랍 호텔에 뒤처지지 않을 호텔로 만들기 위해 아부다비 국왕이 본인 소유로 건축 중이던 궁전을 호텔로 개조한 7성급 호텔이었다. 내부는 고풍스러운 황금색 인테리어와 조명이 잘 어우러져 고급스러웠다.

분위기 있는 테이블에 앉으니 손녀가 "할머니 커피 한잔 하셔야죠." 하면서 금가루가 뿌려져 있는 카푸치노 두 잔을 시켰다. 우리 돈으로 4만원이었다. 그리고 여기저기 화려한 조명들을 바라보는데 금 커피가 나왔다. 풍성한 카푸치노 거품 위로 반짝반짝 뿌려져 있는 것이 금가루라니! 곁들여 나온 대추야자도 맛이 있었다. 커피를 마시는데 입술에 금가루가 묻어 서로 바라보며 웃었다.

경내를 둘러보고 밖으로 나오니 해가 서쪽으로 기울어졌다. 호텔 옆 분수가 물을 뿜어내고 여기저기 기둥에 불이 켜졌다. 아부다비에서는 신비로운 조명에 불을 밝힌 밤 풍경 또한 말할 수 없이 아름답다고 하던데 아쉽지만 야경은 뒤로할 수밖에 없었다. 우리는 양고기 식당에서 맛있게 식사를 하며, 화려했던 모스크와 금 커피를 화제로 하루 투어를 마무리했다.

언어 소통

소통, 특히 외국인과의 언어 소통이 어렵다는 것은 당연하다고 생각해 왔다. 나는 영어가 안 되기 때문이다. 그러나 막상 당하고 보니 상상 이상이었다. 들어보시라.

이번 해외여행에서 나의 룸메이트는 A 선생이었다. 영어도 잘하고 상황 대처에도 능란하여 나는 아무 생각 없이 따라만 다녔다. 그러나 두바이에서 변수가 생겼다. 금가루 커피에, 초호화 쇼핑몰까지 구경하고 아틀란티스 호텔 숙소에 들렀는데 같이 동행한 K 선생(남자)이 우리 방에 들어왔다. 그런데 A와 K가 무슨 일인지 대화를 하다 의견 충돌로 큰소리가 나며 언쟁이 벌어졌다. A는 분을 참지 못하고 화장실로 들어갔고 K는 문을 박차고 나가버렸다. 나는 그제야 방 안에 에어컨이 켜져 있는 것을 발견했다. 찬바람이 세차게 나왔다. 추웠다. 팔에 소름이 돋았다.

평상시 같으면 K 선생이 손을 보아주거나 A 선생이 프런트에 전화를 해서 해결했을 것이다. 그러나 그럴 상황이 아니었다. 나는 덮어놓고 에어컨을 꺼야겠다는 생각에 방 키를 들고 1층 프런트로 내려갔다. 프런트의 젊은이가 횡설수설 영어로 말을 하길래 그제야 여기는 한국이 아니고 외국이란 걸 알고 멈칫하며 섰다. 그러자 저쪽에서 까만 여자가 와서 나한테 뭐라 말을 걸었다. 나는 모른다는 표시로 양손으로 귀를 만지며 팔을 들어 X 표시를 했다. 여자가 볼펜을 들어 종이에 적으려하기에 나는 다시 읽을 수 없다는 뜻으로 양손을 눈에다 대고 X 표시를 하며 몸과 팔을 좌우로 흔들었다. 까만 여자는 나의 몸짓, 발짓을 보고 배꼽을 잡으며 웃었다. 당황했던 나도 같이 웃었다. 까만 여자는 흑인이었다. 머리도 까맣고 얼굴도, 눈도, 옷도 새까맣게 보여 나는 까만 여자로 호칭했다.

여자가 나를 앞세워 숙소로 가보자는 것 같아 일단 2층으로 올라갔다. 심각한 것은 내가 방 번호를 모른다는 것이었다. 여기저기 기웃하다 짐작되는 방을 노크 하니 낯선 사람이 나왔다. 까만 여자는 따라다니며 웃기만 했다. 한심했던 모양이었다. 정신을 바짝 차리고 곰곰 생각을 해보니 그제야 우리 방 문 앞에 테라스가 있었다는 생각이 뇌리를 스쳤다. 그렇게 2층 숙소를 한 바퀴 돌자 테라스가 보였다.

숙소를 찾아 들어가니 A 선생은 샤워하느라 욕실에 들어가 있었다. 까만 여자도 나를 따라 들어왔기에 나는 에어컨을 가리키며 손짓, 몸짓으로 바람이 나오는 것과 아래로 바람이 흐르는 시늉을 했다. 그러자 여자는 리모컨을 찾아 바람을 꺼 주었다. 나는 까만 여자가 너무 고마웠다. 그래서 고개 숙여 절하며 복도까지 나와 손을 흔들며 배웅했다. 여자도 고개를 숙이며 손을 흔들고 사라졌다.

손짓, 발짓이 안 통하고 더욱이 외국어를 해야만 의사소통이 될 때는 스스로 생각해도 갑갑하다. 내가 먼저 말을 걸어야 할 경우 말이다. '무식이 죄' 라는 단어가 뇌리에 스치며 한글도 못 익힌 친정 엄마가 생각났다. 지금은 유명을 달리했지만 살아생전 얼마나 갑갑했을까? 지금은 국제화 시대. 친정 엄마 한글 모르는 거나 나 영어 한마디 못 하는 거나 무엇이 다르리. 한국인은 한국말만 하면 되는 줄 알았는데 외국에 가보니 나는 문맹이었다. 그나마 나는 말의 한계를 알아차려서 손짓 발짓 온몸으로 소통을 했지만 그제야 언어 소통이 이렇게 답답하다는 것을 새삼 느꼈다. 아, 이제라도 외국어 공부를 해야 할 텐데 이 일을 어찌 할꼬.

침대 열차

두바이에서 오전 투어를 마친 뒤 이집트로 가는 오후 비행기를 타고 카이로 공항에 내렸다. 그리고는 카이로에서 아스완으로 이동하는 기차역으로 갔다. 그 사이 해는 서쪽으로 기울어졌다. 석양은 아름다웠지만 아스완으로 가는 침대 열차가 연착을 했다. 기다리는 시간이 너무나 지루했다.

기차가 잇달아 들어오고 그때마다 기차를 기다리던 승객들이 이리 뛰고, 저리 뛰고 난리가 났다. 흡사 6.25 때 피난열차에 서로 타려고 아귀다툼을 하던 우리들의 모습을 다시 보는 것 같았다. 우리도 목을 빼어 침대 열차를 기다렸다. 결국 일반 야간열차를 세 대나 보내고 나서야 기차가 도착했다. 정시보다 한 시간 반이나 늦은 시각이었다. 가이드는 이 정도의 연착은 양호한 편이라고 했다. 밤새 기다려도 나타나지 않는 경우도 있다고 했다.

우리가 탄 침대 열차는 30년 전 스페인에서 수입한 낡은 것이었다. 크기고 승차감이고 뭐고 타자마자 쿰쿰한 냄새가 코 안을 파고들어왔다. 우리나라 1960~70년대 생각이 났다. 기차의 외관은 여기저기 페인트칠이 벗겨져 허술했지만 승무원은 짐도 받아주고 아주 친절하게 우리를 맞아주었다.

기차가 출발하기 전에 현지인 한 사람이 우리 가이드에게 찾아와 무슨 말인가 나누고 우리에게 손을 흔들며 지나갔다. 무슨 일이냐고 물으니 그는 현지 경찰인데 우리에게 도와줄 일이 없겠느냐며 호의를 베풀고 가더라는 것이었다. 돈을 바란다거나 하는 다른 뜻은 없다고 하니 관광 대국답게 그런 면에서는 친절한 모습이었다.

우리의 목적지인 아스완은 예로부터 이집트 주변과 에티오피아의 상업 교통 중심지의 역할을 하였다 한다. 그곳으로 가는 침대 열차의 객실은 2인 1실의 2층짜리 객실이었다. 그러나 정작 침대가 펼쳐져 있지 않은 의자인 상태였다. 가이드는 승무원에게 객실당 1달러씩 주면 침대도 펼쳐주고 잘해줄 것이라고 했다. 그렇게 열차는 출발했다. 그런데 객실에 들자마자 곧 저녁 식사가 나왔다. 객실 안에는 식탁 대용으로 쓸 수 있는 두꺼운 판자 조각이 비치되어 있었다.

식사는 생각보다 괜찮은 편이었다. 배는 고팠는데 이상하게도 식욕이 나지 않았다. 먹기 싫은 음식을 내일을 위해 억지로 먹었다. 밤이 깊어지니 승무원이 찾아와 2층 침대를 펼쳐주었다. 1달러를 주니 고맙다고 싱긋 웃고 나갔다. 객실과 침대는 약간 비좁기는 했지만 하룻밤 잠자리로는 견딜만했고 그것도 추억이 될 것 같았다.

그 외에도 객실 안에는 작은 세면대가 설치되어 있었다. 너무 작고 물이 잘 나오지 않아 겨우 손만 씻고 양치질은 생수로 했다. 세수도 물휴지로 얼굴을 닦았다. 열차는 너무 낡았고 먼지와 때투성이라 선반 역시 물휴지로 닦고 그 위에 가방을 놓았다.

화장실은 차량 앞뒤에 각각 두 개씩 모두 네 개가 있었다. 다섯 명당 한 개꼴이니 붐비지는 않았지만 화장실 변기를 보는 순간 고개를 젓게 했다. 30년 동안 수많은 사람들이 거쳐 간 변기. 물론 덮고 앉으라고 얇은 비닐을 비치해 놓았지만 그 위에 엉덩이를 놓아 앉을 용기가 좀처럼 나지 않았다. 남자들이야 아침에 한 번 정도 앉으면 되겠지만 여러 차례 앉아야 하는 여자들에게는 참으로 끔찍한 경험이었다. 이참에 이집트 철도청에 제안하고 싶다. 제발 변기 앉는 자리만이라도 정기적으로 교체하고 깨끗하게 관리해서 여성 관광객들이 안심하고 이용할 수 있게 신경을 써주었으면 한다.

선로 상태도 불량한 것 같았다. 열차가 몹시 흔들렸다. 몸을 제대로 가누기가 힘들었다. 나는 사다리로 2층 침대에 올랐다. 새벽 추위에 대비하여 겉옷을 입은 채로 2층 침대에 누우니 창밖에 불빛이 비치고 열차는 덜커덩거려 잠을 이룰 수가 없었다. 그러다 피곤으로 잠이 들려 하다가 갑자기 문이 드르릉 덜컹덜컹거려 깜짝 놀라 눈을 뜨고 일어났다. 화장실도 2층 침대에서 내리다가 다칠까 봐 참았다. 새벽에는 할 수 없이 2층 불을 켜고 조심히 내려가 화장실을 다녀왔다. 천금 같은 돈을 주고 이게 무슨 고생인가 싶기도 했다.

아침 일곱 시가 되자마자 차장 아저씨는 조식이라며 빵 세 덩이가 담긴 트레이를 가져왔다. 세 개가 모양은 다르게 생기긴 했는데 정작 맛은 똑같은 맛이라 했다. 나는 밀가루가 안 받는 체질이라 한 개를 겨우 먹고 아침 식사를 끝냈다. 날씨는 화창하며 구름 한 점 없는 파란 하늘이었다. 2층 침대에 누워서 보는 창밖의 아름다움은 환상이었다. 카이로는 공기가 나빠서 뿌연데 그 외 지역은 하늘이 깨끗하고 맑았다. 나일강이 보이고 아스완이 가까워지니 이집트 느낌이 제대로 났다. 열세 시간 동안 열차를 타고 이윽고 아스완에 도착했다. 침대 열차의 하룻밤 추억을 뒤로하고 이후로는 나일강을 따라 크루즈를 타고 관광할 예정이라 가슴이 설레었다.

볼펜

이집트의 룩소르는 신화와 역사가 공존하는 도시이다. 카이로의 남쪽에 위치하고 있으며 제11대와 제18대 왕조 때에는 이집트의 수도였다고도 한다.

우리가 도착한 신전 안에는 소신전, 지성소 외에도 숫양 머리를 한 스핑크스 열주 도로와 장엄함을 뽐내는 오벨리스크가 하늘 높이 치솟아 있었다. 투어를 마치고 밖으로 나오니 현지 청소년들이 떼를 지어 몰려오고 있었다. 학생들은 수학여행으로 이곳 역사를 알려고 온 것 같다. A 선생이 '우리 저 학생들과 사진 촬영 한번 할까' 제안하니 학생들도 너무 좋아하며 몰려왔다.

활짝 웃으며 나를 바라보는 여학생은 우리나라 중3, 고1 또래 같아 보였다. 촬영을 마치자 너무 귀여워 내가

"학생, 볼펜 하나 줄까?"

하니, 한국말은 못 알아듣는 것 같은데 여학생은 "볼펜?" 하며 두 손을 모아 내민다. 내가 쓰던 볼펜을 주니 받아서 작동을 몇 번 해보고 고맙다는 인사로 절을 했다. 그러더니 공중으로 날아오르는 것처럼 뛰며 친구들 있는 데로 갔다. 아마 친구들에게 자랑하는 것 같았다. 우리나라에선 하찮은 볼펜 하나가 저렇게 좋을까. 너무 좋아하는 학생을 바라보니 나도 기분이 좋았다.

다음 관람 코스로 이동하는데 뒤에서 소리를 내며 내 옷깃을 잡는 손이 있었다. 돌아보니 볼펜을 받은 여학생이었다. 학생은 작은 폰을 가지고 있었다. 폰을 가지고 있는 것으로 보아 이곳에서는 중상층 되는 집안 학생으로 보였다. 예쁜 여학생은 내 볼에 얼굴을 붙여 사진을 여러 번 찍었다. 학생은 연신 절을 하며 고맙다는 시늉을 했다. 나는 학생을 한번 안아주었다.

"고마워요, 공부 열심히 해요."

한국말로 전했지만 느낌은 전달된 것 같았다. 여학생과 나는 손 흔들며 이별을 했다. 어디선가 오늘날 이집트는 너무 가난하여 학생들이 공부할 수 있는 볼펜이 흔하지 않아 볼펜 선물을 좋아한다는 소리를 들었다.

어느 날 신전 투어 중 골목길을 가는데 8~9세쯤 되는 옷이 남루한 남자아이가 나를 보며 열쇠고리 같은 것을 사달라 하기에 고개를 저었다. 그러자 아이가 '볼펜, 볼펜' 을 반복하기에 주머니에 있던 볼펜을 주었더니 몇 번이나 작동을 해보더니 고개를 숙이며 절하고 두 팔을 벌려 비행을 하며 사라졌다.

그런 이집트의 모습을 경험하고 나니 문득 나의 어린 시절이 떠올랐다. 1950~60년대 한국은 세계 꼴찌 빈곤국이라 했다. 초등 2학년 때 공책과 연필이 귀해 가느다란 대나무를 잘라서 몽당연필을 끼워 글쓰기 했던 그때 그 시절이 뇌리로 스쳤다. 우리의 삶이 곤궁했던 그 시대에 이집트는 서양의 세력과 손을 잡고 아스완 댐을 만든다고 했다. 그때 이집트는 우리들이 부러워했던 나라였지만 여행을 마무리하면서 느낀 이집트는 문화유산을 빼고 보면 우리가 오래 전 부러워한 그런 나라가 아니었다.

국토는 거의 사막으로 사람이 살지 못하는 땅이라고 하지만 고대 찬란한 문명을 일으켰던 것이 분명 눈에 보였다. 그러나 유적지 어디를 가나 허접스러운 물건을 들고 관광객들에게 사달라고 외치는 현재의 이집트는 초라한 모습이었다. 호객꾼들도 가는 길이 거추장스러울 정도였다. 현실에 얼마나 찌든 삶을 살고 있는지를 대변하는 것 같았다.

그런데 찬란한 고대 문명을 일으켰던 이집트가 어떻게 이렇게 찌든 삶을 살아가는 나라가 되어야 했을까? 몇 가지 들은 이야기를 통해 보니 그럴 수밖에 없을 것 같다는 생각을 지울 수 없었다. 참으로 안타까운 이야기였다. 이집트인들은 모든 것을 신의 뜻으로 돌리는 참 편안한 사고방식이 굳어져 있다고 했다. 그래서인지 내가 준 볼펜을 들고 하늘을 가르며 뛰는 모습이 눈을 감아도 뇌리에 맴돌았다.

"학생, 공부 열심히 해요."

하늘을 찌를듯한 신전을 등지며 나는 그렇게 입 속으로 가만히 되뇌었다.

터키를 가다

우리의 마음은 무한과 직결되어 있다. 공중을 떠다니는 전파처럼 언제나 어느 곳이나 갈 수 있다. 단 한 번 주어진 인생! 내 마음의 안테나를 세워본다. 아름다운 삶을 만들어 보자! 행복의 환호로 주어진 현실에 감사하며 들뜬 마음으로 8박 9일 터키 여행을 갔다. 함께하는 멤버들과 함께 인천공항에 도착하니 그곳에는 이미 전국에서 터키 투어로 동행할 다른 멤버들이 모여 있었다.

가이드는 터키 여행자들의 인원 점검을 마치자 내 이름을 불렀다. "예." 대답에 가이드는 나를 위아래로 보더니 이렇게 말했다. "정정하시네." 나는 "제가 나이가 좀 많지요? 하지만 가이드님 걱정시키지 않을게요." 라며 건강에는 자신 있다고 큰소리했다. 지난 두바이 가족 여행에 하루에 2만 보 넘게 걸어본 날들이 있었다. 손녀가 "할머니 체력은 강행군 용입니다. 이렇게 건강하시면 내년에 유럽 여행도 할 수 있어요." 했던 말이 생각났다.

인천에서는 밤에 비행기를 탑승했다. 1차로 아부다비 공항에 내려서 다시 터키로 비행기 탑승, 총 열세 시간이 넘으니 지루했다. 터키 공항에 도착하니 버스가 와 있었다. 일행은 총 서른두 명이었다. 우리의 첫 목적지인 이스탄불은 신비로운 매력이 가득한 터키의 대표적 도시였다. 특히 고대부터 문명의 중심지이자 전략적 요충지였기에 독특한 풍경과 이야기가 숨겨져 있다고도 했다.

여행은 새로운 것을 보고 느끼기 위해서 하는 것이다. 세계의 다른 사람들은 어떻게 사는지, 그곳의 풍광과 역사는 어떠한지 등등… 그런 것들을 보러 가는 것이다. 여행의 목적을 구분해서 가는 것이 더 유익한 여행을 할 수가 있는 방법이다.

터키 여행은 소위 강행군이 수반되는 여행이라 한다. 이번에 여행에 같이 동행한 사람들은 현역에서 은퇴를 해서 여행 다니는 것이 유일한 즐거움인 사람들, 가족끼리 온 사람들, 친구끼리 휴가를 내어 이곳의 문화를 알기 위해 여행을 온 사람들이 주를 이루고 있었다. 7일 동안 이동한 거리가 총 5천 킬로미터 정도가 됐으니 하루에 700킬로미터 이상을 이동하였고 하루 이동하는 버스만 예닐곱 시간씩을 탄 셈이었다.

이스탄불에서는 신시가지와 구시가지를 연결하는 갈라타 대교를 지나 비잔틴 문화의 걸작이라 불리는 소피아 성당을 방문했다. 성당에 들어서니 가이드의 설명은 열강이나 다름없었다. 1,500여 년 전 그리스 정교를 대표하는 성당으로 세워졌지만 오스만 튀르크 시대가 들어서자 이슬람 사원으로 덧칠해진 역사를 품고 있는 곳이라고 가이드는 설명했다.

그런데 투어 코스를 마치고 버스 안에서 인원 파악을 할 때마다 가이드는 맨 뒷자리 앉은 나에게 "선생님 힘들지 않으세요? 괜찮으세요?" 하고 물었다. 나는 "네~ 괜찮아요." 대답했지만 미안하기도 하고 고맙기도 했다. 일정 상 우리가 직접 구경하는 시간은 하루 일정의 삼분의 일 밖에 되지 않았다. 그럼에도 나머지 시간을 차를 타고 다니며 터키라는 나라의 역사와 문화에 대해 설명하는 가이드는 거침이 없었다. 가이드라는 직업을 가지기 위해 얼마나 많은 공부를 했을까 하는 생각이 들었다. 외국인 현지 가이드 또한 수수한 젊은이로 어딜 가나 우리와 함께 동행을 했다.

터키는 6.25 전쟁 당시 많은 수의 군인들을 파병했다고 한다. 그런 이유에선지 나이 지긋한 터키인들은 한국을 형제의 나라라고 부른다 했다.

사실 여러 곳의 투어 중에 어느 한 도시를 지목해 '여기가 터키 최고의 여행지' 라고 말하기는 쉽지 않다. 그렇지만 나에게는 트로이의 목마가 가장 인상에 남았다. 차나칼레에서 약 30킬로미터 정도 떨어져 있는 그 유적은 우리에게 트로이 전쟁과 목마로 널리 알려져 있는 고대 도시였다.

알려진대로 「트로이의 목마」는 고대 그리스 영웅 서사시에 전해 내려온 이야기다. 어느 날 트로이의 왕자 파리스가 세상에서 가장 예쁜 여인을 찾기 위해 스파르타로 갔다. 스파르타에는 메넬라오스 왕이 가장 예쁜 여인 헬레네와 결혼하여 살고 있었다. 그런데 메넬라오스가 잠시 크레타로 볼일을 보러 간 사이 파리스가 헬레네를 훔쳐 도망간다. 이에 격분한 메넬라오스가 그리스 왕들에게 도움을 청하자 그리스 왕들은 헬레네를 구하고 힘센 트로이를 잿더미로 만들자고 결의하였다. 이리하여 미케네 왕 아가멤논이 이끄는 그리스 연합군이 트로이에 원정을 가 10년간의 장기전이 전개되었다 한다.

그러나 트로이가 함락되지 않자 그리스 군은 오디세우스가 고안한 커다란 목마를 만들어 트로이 성 벽에 갖다 놓았다. 그런데 그리스 진영에서 아무런 소리도 들리지 않자 트로이 군은 그리스군들이 다 도망간 것으로 믿었다. 그리고 이때 그리스 진영에 남아 있던 시논이 트로이 군대에 잡혀 트로이 왕 앞에 섰다. 시논은 그리스 인들이 목마를 만든 것은 아테나 여신에게 바치기 위한 것이고 이렇게 크게 만든 것은 트로이 인들이 목마를 성 안으로 끌고 들어가지 못하게 하기 위한 것이라고 계략적으로 말을 했다. 이 말을 감쪽같이 믿은 트로이 군대는 목마를 끌어 아테나의 신전 앞에 갖다 놓았다. 그리고 트로이 군사들은 이제 전쟁이 끝난 것으로 생각하고 모두 집으로 돌아갔다. 그러나 결국 한밤중에 목마가 열리면서 그리스 용사들이 나와 성을 파괴하여 난공불락이던 트로이가 함락되고 말았다.

트로이는 19세기에 독일인 슐레이만에 의하여 발굴되었다. 소년시절 슐레이만은 아버지로부터 선물 받은 '아이들을 위한 세계사'라는 책에서 붕괴하는 트로이 성을 묘사한 그림 한 장을 보고 전설 속에 파묻힌 트로이를 찾아낼 것을 결심하고 생애의 절반을 발굴에 필요한 자금을 모으는 데 보냈다. 그러다 마침내 그가 49세 되던 해에 그 꿈이 실현되어 트로이 문명이 허구가 아닌 역사적인 사실임을 증명하게 된 것이다.

터키 차나칼레 주에 있는 고대 트로이 유적지는 호메로스의 『일리아스』의 배경이 된 곳으로 유명하다. 특히 그 역사적 가치를 인정해 일대 158만 제곱미터에 이르는 지역을 1998년 유네스코 세계 문화유산으로 지정했다고 한다. 터키 여러 곳을 여행하면서, 무엇보다 기억에 남은 트로이 전쟁의 역사와 목마까지 내 마음에 담을 수 있어서 좋았다. 나는 그렇게 건강한 몸으로 8박 9일간의 터키 여행을 마무리한다.

성영희의 자전 에세이 『나의 꿈, 나의 삶』에 부쳐

박기옥 수필가

Ⅰ. 들어가기

우선 작가의 나이부터 살펴보자.

작가는 1940년생이다. 올해 만 80세이다. 빈곤한 농가에 6남매의 맏딸로 태어나 전쟁과 가난을 겪으며 어린 나이에 동생들 업어 키우고 가사를 도왔다고 한다. 초등학교 5학년 때는 다니던 학교마저 접어야 했다.

'그 시절 한국의 가난은 말로 형용할 수 없었다. 나물 뜯어다 배를 채우고 쑥을 캐다 죽을 끓였다. 아이들이 마당에서 뛰박질하면 엄마는 배 꺼진다고 뛰지도 못하게 했다. 연이어 남동생들이 학교에 가게 되니 월사금(등록금)이 없어 여자인 내가 학교를 그만둘 수밖에 없었다.' 고 적고 있다.

이어서 작가는 책 머리에서 말한다.

> 내 나이 여든. 황혼에 이르니 시간이 얼마나 잔혹하고 두려운지 알 것도 같다. 이제 나는 나의 생을 정리해 보려 한다. 고난의 시대를 건너온 나의 꿈과 나의 삶을 세상에 드러내 보이고자 한다. 지나온 삶의 흔적을 가감없이 남기려는 나의 노력은 어제보다 더욱 나다워지려는 시도일 것이다.
>
> -〈책 머리에〉 중에서

젊었을 때 읽은 헤르만 헤세의 성장 소설들이 본보기가 되어 주었다고 한다. 삶의 마디마디를 자전 에세이 형식으로 풀어내겠다는 욕심이다. 실제로 작가는 늦은 나이에 한국수필로 등단을 하여 왕성한 작품 활동을 펼치고 있는 수필가이다. 이제 그의 작품 속으로 들어가 보자.

II. 살아내기

등 떠밀리는 식으로 가기 싫은 시집을 가니 첩첩산골 집성촌 6남매의 맏며느리였다. 시집가자마자 신랑은 입대를 했다. 신랑도 없는 시집살이가 시작되었다. 사랑에는 아버님상. 안사랑에는 시조모님상. 안방에는 시모님상. 시동생 시누이 둥근 상,. 사랑 뒤채에는 일꾼상, 손님이 오시면 손님상을 차려내야하는 시집살이였다. 그 중에서도 가장 힘든 일은 시조모님의 병 수발이었다. 할머니는 치매를 앓고 있었다.

한 끼에 조모님 밥상을 두세 번씩 차려내도 군말 없이 했다. 아버님은 내 눈치를 보셨다. 한 번은 조모님이 식사를 많이 하셔서 설사가 났다. 속바지에 인분이 가득 흘러내렸다. 마당 모퉁이 수돗가에 조모님을 세워놓고 호스로 물을 뿌려가며 빗자루로 인분을 쓸어내렸다. 조모님은 연신 '네 요년 날 얼어 죽인다' 고 소리 지르시다가 본정신이 들면 '손부야 내가 빨리 죽어야 되는데 미안하다' 고 말씀하셨다. 아무 말 없이 조모님을 포대기에 싸서 방에 모셔 누이고 나오니 아버님이 내 손을 삽으셨다. 조모님의 수발로 고생하는 그 과정을 지켜보셨는지 손을 잡고 돌아서서 차마 말씀 못 하시고 먼 산만 바라보시던 아버님! 그 아버님이 그립다.

- 〈차마 말씀 못 하시고〉 중에서

작가의 시집실이는 거기서 끝나지 않았다. 시어머니가 베틀로 무명 한 필 짜놓으면 백설같이 희어지게 잿물 내려 삶아내서 햇빛에 말리기를 열두 번을 족히 하여. 바지저고리 재단해서 솜바지. 솜저고리 만들고, 명주. 모시 두루막 곱게 기워 깃과 끝단은 풀로 붙어 만들었다. 빨래하면 조각조각 풀 먹여 방망이로 다듬질해 놓은 것을 시어머니가 보시고 풀이 잘못되었다고 물에 담가버리면. 다시 풀 먹여 다듬질해야 하는 시집살이였다.

그러나 세싱에는 나쁜 일만 있는 것은 아니었던 모양이다. 그때의 그 눈썰미로 남편의 수의까지 만들게 될 줄 누가 알았겠는가. 작품 〈수의〉는 훗날 한국수필 등단작품으로 오르게 된다.

장례 기간 동안 나는 눈 한 번 안 붙이고 수의 제작에 몰두했다. 수의를 만드는 과정은 상상을 초월하는 고행이었다. 손가락마다 피가 맺히고 바늘 자국으로 아려 왔다. 제관들의 굴건제복도 내가 다 만들어 입혔다.

이번 여름은 유난히 더웠기에 한 번 입으면 땀이 배었다. 모시 옷은 세탁기 빨래를 하지 못한다. 천이 섬세하여 입은 옷은 한 주 동안도 두질 못하니, 열 벌을 손빨래하고 풀 먹여 다림질해 놓으면, 잠자리 날개 같았다. 집안이 홍성하여 매주 20~30명씩 줄을 이어 절집 대웅전에 들어가면 법당이 그득했다. 주지 스님도 망인의 마지막 가는 길, 후손들 옷이 밝아 편히 가신다며 흐뭇해 했다. 그렇게 49재가 끝났다. 모두 마무리 되었다.

남편의 마지막 가는 길, 내 손으로 만들어 입혀 보낸 소색消色 수의, 님은 도포 넓은 소매로 팔을 벌려 하늘로 훨훨 날아 극락왕생했으리라 믿는다. 나는 법당을 나와 하늘을 올려다 보았다. 구름 한 점 없이 푸른 하늘로 도포 자락을 펄럭이는 남편을 향해 팔을 들어 안녕을 고했다. 편히 가세요, 내 사랑.

- 〈수의〉 중에서

성영희 작가의 〈나의 꿈, 나의 삶〉에서는 무엇보다 교육 문제가 부각되어 있다. 그는 우선 자녀의 교육에 혼신의 힘을 쏟았다. 식당도 하고 양장점도 하면서 삼남매를 모두 최고 학부를 나오도록 했다. 그렇게 하기까지 작가에게는 많은 어려움이 있었다.

집안에서는 할아버지, 할머니, 삼촌들까지 온 식구들이 어려운 살림살이에 가시나 대학 보내서 뭐하냐고 집중 공격을 했다. 그 소리들은 내 귓등에도 들리지 않았다. '자녀 교육' 은 내 삶의 목표이자 꿈이었기 때문이다. 막내 삼촌과 조카 사이는 다섯 살 차이다. 삼촌들은 초등 졸업인데 조카는 대학원까지, 거기다 딸까지 대학교를 갔으니 집 안의 공격은 말로 할 수 없었다.

나는 평소 자녀들에게 "엄마의 소원은 너희들 대학 졸업식에 가는 거다."라고 말하곤 했다. 그 말이 씨가 되었다. 삼 남매 대학 졸업식장에서 나는 기쁨의 눈물을 흘렸다. 참으로 고달프고 힘든 시간이었다.

- 〈자녀교육〉 중에서

자녀들의 교육이 끝나자 이번에는 본인에 대한 도전을 했다. 초등학교 5학년에서 학업을 끊긴 그는 교육을 평생의 과제로 삼았다. 첫 번째 관문인 검정고시에 응시하려고 학원을 방문했다. 접수받는 직원이 나이를 묻더니 받을 수 없다 했다, 작가는 사정을 했다. 겨우 허락을 받아 기대 반 걱정 반으로 시작했는데 고령이다 보니 눈도 침침하고 말귀도 잘 못 알아들었다. 3.5도 돋보기를 끼고 강사의 설명을 들었다. 돌아서면 잊어버려 주먹으로 머리를 치며 반복했다. 학원 수업 마치고 집에서 컴퓨터로 동영상을 반복해서 들었다. 많게는 하루 7~8회씩 들었다. 첫새벽에 일어나서 듣고 밥 먹고 나서 또 듣고 그렇게 틈만 나면 수업을 반복해서 들었다. 그 결과 작가는 초, 중등, 고등 분야에 합격한다.

합격증 발표 하루 전날 전화벨이 울려 받으니 교육청이었다. '최고령자 합격입니다.' 하는 소식에 대책없이 두 눈에서 뜨거운 눈물이 흘러내렸다. 고등 교육 분야는 76세의 내가 대구, 경북에서 최고령 합격자라 했다.

2015년 5월 12일 대구교육청 검정고시 합격증 수여식 날 교육감님은 최고령에 공부하시느라 수고 많이 하셨다고 격려하시며 대학에도 꼭 진학하라고 하셨다.

"감사합니다."

방송국에서도 76세 할머니의 고졸 합격 축하 인터뷰를 했다. 3일 동안 뉴스 시간에 방영되었다. 여러 곳에서 축하의 메시지가 끝없이 이어졌다. 합격이란 두 글자가 나에게 인생의 전환점이 된 것 같았다. 학원 앞에도, 골목길에도 현수막이 걸렸다. 내 삶에 한이 되었던 고졸 합격증이었다. 남편도, 자녀들도, 손자, 손녀까지도 공부하느라 고생 많으셨다고 할머니에게 '파이팅~' 을 외쳤다. 그러나 나는 거기서 멈추지 않았다. 대학문을 두드리기 시작했다.

- 〈검정고시 도전〉 중에서

성영희의 자전 에세이집 〈나의 꿈, 나의 삶〉을 읽어보면 작가가 얼마나 역동적인 삶을 살았는지 알 수가 있다. 그는 하루를 한달처럼 산 작가이다. 친정과 시댁의 맏이로써 가난과 전쟁 속에서도 그 많은 식구들을 성실히 건사했다. 어른들과 남편이 세상을 뜨고, 자녀들 모두 성장한 후에는 자신을 찾아가는 과정도 눈물겹다. 팔순에 이르러 등단도 하고 대학까지 졸업하는 동안 봉사활동까지 게을리하지 않았다면 누가 믿겠는가? 부녀회장 시절 기초수급자와 독거노인 100인에게 영정사진을 만들어준 사정을 들어보면 대단하다는 생각도 드는 한 편 가슴이 뭉클하다. 그는 노인들을 한 사람씩 만나 인터뷰를 했다. 그러나 장사꾼으로 오해를 받아 사진 찍기를 거부하는 노인들로부터 차가운 눈총을 받을 때도 있었다. 공짜라고 설명을 해도 의심이 많은 노인들은 당신들을 상대로 장사를 하는 게 아닌가 하고 오해를 했다. 결국 동장이 직접 나서서 스피커로 방송도 해 주고, 할머니들을 위해서 한복저고리까지 준비한 것을 보고서야 상황이 많이 반전되었다고 하면서 당시의 상황을 이렇게 적고 있다.

촬영할 때는 세월의 흔적으로 찌그러신 얼굴에 웃음을 뿌리려고 어르신들 앞에서 온갖 아양을 다 떨었다. 어르신들 또한 멋쩍어하면서도 내 말을 잘 따라 주었다. 노인들은 영정 사진을 자식들한테 만들어 달라는 것도 어렵고 직접 만들기는 저승길 준비하는 것 같아 서러웠다고 했다. 그런데 새마을 부녀회에서 이렇게 무료로 사진 찍어 액자까지 만들어주니 큰 시름 덜게 되어 홀가분하다고 하며 연신 내 손을 잡고 고맙다고 했다.

- 〈100인의 영정사진〉 중에서

한 편으로는 늦은 나이에 떠난 해외 여행에서의 난감했던 체험도 경쾌한 필체로 풀어내고 있다. 두바이의 호텔에서 일어난 일이다. 에어컨을 꺼야겠다는 생각에 그는덮어놓고 방 키를 들고 일층 프론트로 내려갔다. 젊은이가 횡설수설 영어로 말을 하여 그때서야 여기는 한국이 아니고 외국이란 걸 알고 멈칫하며 섰다. 저쪽에서 흑인 여자가 와서 왈라촬라 뭐라 하기에 모른다는 표시로 양손으로 귀를 만지며 팔을 들어 X표시를 했다. 여자가 볼펜을 들어 종이에 적으려 하기에 그는 다시 읽을 수 없다는 뜻으로 양손을 눈에다 대고 X표시를 하며 몸과 팔을 좌우로 흔들었다. 두 사람이 배꼽을 잡고 웃는 동안 작가는 문맹이었던 친정엄마를 떠올린다.

> '무식이 죄' 라는 단어가 뇌리에 스치며 한글도 못 익힌 친정 엄마가 생각났다. 지금은 유명을 달리했지만 살아생전 얼마나 갑갑했을까? 친정 엄마 한글 모르는 거나 나 영어 한마디 못 하는 거나 무엇이 다르리. 한국인은 한국말만 하면 되는 줄 알았는데 외국에 가보니 나는 문맹이었다. 그나마 나는 말의 한계를 알아차려서 손짓 발짓 온몸으로 소통을 했지만 그제야 언어소통이 이렇게 답답하다는 것을 새삼 느꼈다. 아. 이제라도 외국어 공부를 해야할텐데 이 일을 어찌 할꼬.
>
> -〈언어소통〉 중에서

Ⅲ. 나가기

성영희 수필가는 배짱이 두둑한 작가이다. 묻지도 않는데 어디서나 나이를 당당하게 밝히고, 70대 후반에 '캠퍼스가 있는 대학' 을 나왔다고 자랑한다. 수필 교실에서도 지각, 결석도 없이 수업에 몰두하고 젊은 회원들과도 잘 어울린다, 그는 결코 자신의 고난에 매

몰되지 않는다. 오히려 그 시절의 지독했던 가난과 열악한 환경들이 그에게는 평생 동안 퍼 올릴 수 있는 마르지 않는 글샘이 되어 주었다고 고백한다. 수필에서의 치유적 기능이다.

그는 또한 다 늦은 나이에 대학을 마치고 수필을 접하는 동안 잠시도 머리에서 글이 떠난 적이 없었다고 밝히고 있다. 수필이 별건가. 바로 이렇게 우리와 이웃하여 기쁨과 슬픔을 함께 하는 것이 아니겠는가. 모쪼록 그의 글이 가족과 이웃에게 용기를 주기 바라면서 건필을 빈다.

나의 꿈, 나의 삶

발 행 | 2020년 11월 25일

지은이 | 성영희
펴낸이 | 신중현
펴낸곳 | 도서출판 학이사
출판등록 : 제25100-2005-28호
주소 : 대구광역시 달서구 문화회관11안길 22-1(장동)
전화 : (053) 554~3431, 3432
팩스 : (053) 554~3433
홈페이지 : http : // www.학이사.kr
이메일 : hes3431@naver.com

ISBN _ 979-11-5854-273-3 03810

이 도서의 국립중앙도서관 출판예정도서목록(CIP)은 서지정보유통지원시스템 홈페이지와 국가자료공동목록시스템(http://www.nl.go.kr/kolisnet)에서 이용하실 수 있습니다.(CIP제어번호: CIP2020049119)